Le Relais des Amis

DE LA MÊME AUTRICE

Chez le même éditeur

SA FABLE ACHEVÉE, SIMON SORT DANS LA BRUINE, roman, 2001

L'ORIGINE DE L'HOMME, roman, 2002

EXPÉRIENCE DE LA CAMPAGNE, récit, 2005

WESTERN, roman, 2005

NOUVELLES SUR LE SENTIMENT AMOUREUX, nouvelles, 2007

PETITS DÉJEUNERS AVEC QUELQUES ÉCRIVAINS CÉLÈBRES, nouvelles, 2008

JOURNÉE AMÉRICAINE, roman, 2009

EN ÉCRIVANT *JOURNÉE AMÉRICAINE*, coédition P.O.L/ Biro éditeur, texte et photographies, 2009

LE CAS JEKYLL, théâtre, 2010

L'ÉVAPORATION DE L'ONCLE, roman, 2011

LOVE HOTEL, roman, 2013

PLUS RIEN QUE LES VAGUES ET LE VENT, roman, 2014

LA VIE EST FAITE DE CES TOUTES PETITES CHOSES, roman, 2016

LE BRUITEUR, théâtre, 2017

TROUVILLE CASINO, roman, 2018

MON ANCÊTRE POISSON, roman, 2019

LA CONFÉRENCE DES OBJETS, théâtre, 2019

CE QUE C'EST QU'UNE EXISTENCE, 2021

ROMANS AMÉRICAINS, #formatpoche, 2022

Christine Montalbetti

Le Relais des Amis

Roman

P.O.L
33, rue Saint-André-des-Arts, Paris 6^e

ISBN :978-2-8180-5681-3
www.pol-editeur.com

« J'espère que ce sera un livre détendu. Il y en a si peu de nos jours et le monde en a vraiment besoin parce que le monde est à présent tendu et noué »

John Steinbeck, *Jours de travail*

Une phrase, allons, une bonne petite phrase qui vous donne envie d'entrer dans cette histoire et de vous laisser emmener, une première phrase dont avec un peu de chance les autres ensuite découleront comme d'elles-mêmes, avec cette énergie joyeuse des phrases qui éclosent, ça ne devrait pas être bien sorcier ; mais ce n'est pas la peine de vous énerver, Simon n'y arrive pas.

Toutes les conditions semblent réunies pourtant, cette maison louée exprès pour y commencer son roman, dans laquelle il est arrivé hier soir, ce cadre paisible, le pouvoir stimulant des décors nouveaux.

Son œil fouille le paysage qui s'encadre derrière la fenêtre, la pente douce d'un jardin simple. L'herbe est drue, dense, fraîchement coupée, sans massifs, seulement la tache jaune d'un bosquet de genêts juste avant la barrière. Plus loin, par-delà la haie, des maisons en quinconce descendent vers la mer, vers l'idée de la plage, invisible d'ici, vaste et venteuse.

Est-ce que cette beauté neuve du dehors ne devrait pas lui insuffler l'énergie nécessaire ?

Mais non, c'est calme plat dans la tête de Simon, le langage comme encalminé, c'est ça, pas la moindre brise pour souffler, pas le début d'une phrase pour palpiter en lui (c'est coton, d'écrire). Son œil s'attarde sur la silhouette de l'arbre unique, esseulé, un vieux pommier à cidre qui soliloque, un peu tordu, ressassant la mémoire des saisons, rabâchant des pensées vagues sur le poids des ans. Rien qui remue, s'agite, que pouic – à l'intérieur de Simon, un grand désert.

Mon conseil, dans ces cas-là : la promenade.

Dont acte.

Notre Simon pose sa tasse dans le bac de l'évier en grès, enfile sa veste gros bleu dans la poche plaquée de laquelle patientait déjà un carnet et à laquelle (on ne sait jamais) illico il accroche la hampe d'un stylo. On attrape le jeu de clés auquel ballotte une breloque (maisonnette de bois turquoise, où ricoche une perle de résine), et nous voilà partis.

⋆

Dehors, l'air est vif, et gentiment iodé.

On en inspire une grande bouffée, et puis, voyons, de quel côté on va ? Si on sort par la barrière, on rejoint la route départementale ; si on passe par le bas du jardin, on arrive assez vite dans les petites rues balnéaires.

Prenons plutôt par en bas.

On traverse d'abord un sous-bois embroussaillé, vaguement laissé à l'abandon, rien de bien méchant mais attention tout de même de ne pas se prendre une branche dans l'œil. Simon se faufile, baisse la tête, écarte une ou deux branchettes, on le suit. Gare aux dénivellations aussi, n'allez pas vous faire une entorse, sans compter qu'il y a des ronces, j'allais oublier les ronces, expertes en croche-pieds, et dont les tiges dentelées frétillent à notre passage, elles qui s'imaginent déjà planter leurs crocs sournois dans la chair de nos mollets (ah, ce qui se passe dans la tête des ronces). Et les orties pareil, avec leurs dards tout gorgés d'histamine (décidément, la nature), tentons de les éviter, voilà, on y va doucement – donnez-moi la main, je vous guide.

Ensuite, ce n'est plus que bitume, facile sous la chaussure.

On y avance le pas souple, délié, avec quelque chose aussi dans les poumons qui s'élargit.

Marcher, je vous le dis pour le cas où vous auriez envie un jour d'écrire, a un drôle d'effet entraînant. Vos jambes, pour un peu, deviennent des pistons, et tout se passe comme si d'invisibles courroies, les reliant à votre imagination, en transmettaient le mouvement à la zone de votre cerveau dans laquelle dormait la possibilité d'un récit. De cette manière bizarrement mécanique, par l'intermédiaire de toute une succession de rouages internes, enjambée après enjambée, lentement quelque chose en vous se remet en route, votre capacité à fabriquer des phrases, à les faire surgir, à inventer des mondes.

Simon sent que son corps s'apprête à se métamorphoser en cette petite machine heureuse. En attendant que la promenade opère, il lit le drôle de poème que forment les noms des maisons qui se serrent les coudes dans la pente, mitoyennes, un peu de guingois, et qui ont l'air de faire ce qu'elles peuvent pour tenir ensemble. Est-ce que ces noms, chaque fois, n'ouvrent pas sur des univers ?

Villa Joséphine, nos imaginations se déclenchent (une grande femme, en robe à col dentelle, non ?), *La Marthe* (vous la voyez comment ? Pragmatique, peut-être, les mains usées par les travaux domestiques), *Villa Louisette* (rondeur des avant-bras, c'est ça qui me vient, visage rieur, avec quel chagrin d'amour pourtant qu'elle a gardé dans le secret d'elle-même), *Pavillon P'tit Gérard* (un éternel fils, attentionné, serviable, qui a oublié de se demander quelle vie il voulait pour lui-même), *La Luciole* (c'est joli, ça, c'est délicat, on se représente des paysages de nuit et ces minuscules lumières mobiles qui s'agitent, éperdues, dans la nature frémissante), *La Sirène*, je vous laisse faire. Et *Brise Marine*, j'oubliais, brise marine, on ouvre grand les narines.

On laisse résonner tout ça en soi, les silhouettes que leurs noms font surgir, et on déboule sur une place, juste en face du *Relais des Amis*.

Un petit café au comptoir, ça vous dit ?

*

On pousse la porte, et c'est comme un voyage dans le temps.

Le genre de café qui était déjà là au siècle dernier, pour ceux qui s'en souviennent, où ça devait discuter sec dans un nuage de fumée bleutée, avec les mégots des Gitanes et des Gauloises qui traînaient, tordus, écrasés jusqu'à la garde, dans de grands cendriers de fer-blanc. On a bien dû repasser une couche de beige sur les murs, mais pour le reste, c'est le même mobilier, les mêmes vieilles chaises en paille et bois comme il y en avait dans les fermes quand le café a ouvert, comme il y en a encore dans les fermes qui restent, les mêmes tables de bistrot, copieusement scarifiées (des tables qui en ont vu, qui en auraient à raconter si on leur prêtait l'oreille), le même buffet en merisier sur lequel, regardez, patiente une pile de serviettes à carreaux rouge et blanc, comme posée là par un accessoiriste scrupuleux. Des brise-bise au crochet, suspendus par des anneaux de cuivre, complètent l'ensemble, vous dépliant une frise de canards, de profil, une patte levée, qui marchotent à la queue leu leu, le corps un peu gondolé par les fronces.

On se laisse vite faire par l'atmosphère d'un café.

Qu'est-ce qui nous y accompagne, et en même temps nous demeure agréablement étranger ? Quand on y entre, je ne sais quoi nous accueille, et nous place à la fois dans une position de spectateur. On s'immerge doucement dans une scène qui existait sans nous, qui ne relève pas de notre responsabilité, et dans laquelle vous n'avez rien d'autre à faire que lancer ici ou là une réplique, si ça vous chante, ou vous taire, si vous préférez. Ça rompt notre solitude sans nous engager vraiment, ça nous donne le sentiment de faire partie de quelque chose, quand bien même ce serait à demi.

Simon commande une noisette.

Une noisette pour monsieur, révise à voix haute Tatiana en empoignant tout de go le manche du filtre ; et elle bascule le marc humide dans la grosse poubelle grise dont son pied chaussé d'une sandale compensée actionne la pédale, puis en un rien de temps remplit le filtre, le revisse, glisse une tasse sur la grille et appuie sur le bouton, voilà, un sans-faute.

Pour le moment, le café est silencieux, il n'y a que des solitaires. Deux types au bar, l'un devant son café (Frédo, autant vous dire son nom tout de suite), l'autre devant un verre de blanc (Roger). Dans la salle,

Momo, qui a levé un œil vers l'inconnu, se penche de nouveau sur le journal du jour en suçotant le bout d'un crayon, mots croisés ou tiercé, allez savoir.

Derrière le comptoir déboule le patron, non plus Dédé, qu'on voit en photo, casquette en oblique et grand sourire, debout devant son établissement, triomphant, une petite trentaine alors, et dont on comprend à la photo d'à côté (le même, avec des décennies en plus et des kilos en moins, la peau sur sa figure qui grigne, assis sur un banc fiché au bord d'une pelouse sur laquelle d'autres vieillards, s'appuyant qui sur un bras serviable, qui sur une canne, se hasardent) qu'il est à présent à l'Ehpad, où il paraît qu'il lui arrive de confondre la cantine avec son bar et de se lever de sa chaise, héroïque et enjoué, pour lancer un Qu'est-ce que je vous sers, avant de s'affaler de nouveau dans son siège, tout fatigué, avec la réalité d'un coup qui lui retombe dessus comme une pierre qui se détache d'une corniche ; non plus Dédé, donc, mais son fils, Gégé, avec son grand corps un peu gauche, ce ventre dont il ne sait pas très bien quoi faire et dans toute sa présence maladroite et corpulente un genre de bougonnerie générale.

Sauf envers Tatiana.

Tatiana, qui vient travailler ici depuis que l'usine de sucre a fermé, il lui demande comment va la vie aujourd'hui, il s'enquiert, il s'informe, il remarque quand elle a un coup de mou, les pensées vagues et flottantes (elle, d'ordinaire, la vaillante, la courageuse), il a pour elle, c'est l'expression qui traverse Simon, des trésors de gentillesse. Une douceur, une prévenance, si ça se trouve à l'opposé de ce qu'elle vit quand elle rentre le soir, peut-être le contraire de son mari (je dis mari, Simon a vu l'alliance à son doigt), au regard plus absent (on dit souvent ça des maris), plus tyrannique, plus à considérer sa propre fatigue que celle de sa femme, la laissant servir le dîner comme si elle n'avait pas passé toutes ces heures debout derrière le comptoir, mettant en avant son travail à lui, soufflant, se plaignant, et puis lui attrapant la main, Tu es mon petit poulet, tu sais. Et sous les draps la prenant d'une manière simple, un peu inattentive, un peu systématique, comme l'ultime chose de la journée à faire avant de s'endormir.

Mon petit poulet, des mots que Gégé n'oserait jamais prononcer – il dirait Ma reine, plutôt, s'il pouvait dire quelque chose. Parce que dans le corps de Gégé, ce corps tout empli d'un mécontentement tenace, essentiel et ancien, on devine que s'agite une joie trouble et secrète, pétillante et brave, quand il est aux côtés de Tatiana. Elle doit bien s'en rendre compte, de ces myriades de sensations enthousiastes et anxieuses qui s'entrechoquent dans le volume du corps chaud de Gégé ; et ce qu'il y a entre ces deux-là, on a vite fait de le pressentir, le frémissement que c'est pour eux de se retrouver toute la journée dans cet espace si étroit derrière le bar, la confusion des sentiments qui les assaillent. À force qu'ils se côtoient dans ce couloir entre les étagères et le zinc, Gégé et Tatiana, à force que toute la journée elle soit en présence de cet homme, reconnaissante de l'attention qu'il lui porte (Sens-toi chez toi, il le lui a dit tout de suite), à force que toute la journée il la voie, avec son maquillage qui va bien et ses tenues de poupée, comme il dit, Gégé, à force, quand on les regarde tous les deux, comme ça, derrière le comptoir, on se dit qu'il pourrait y avoir du roman dans l'air.

Même sans savoir jusqu'où ça va, ce petit roman qu'il doit bien y avoir entre eux, si tout ça c'est seulement des idées qu'ils se font, chacun de son côté, des rêveries qui ne mangent pas de pain, juste pour donner aux jours de doux double fonds imaginaires, pour épauler les heures qu'il faut passer debout dans le clair-obscur du café à s'occuper de tout, ou bien si c'est possible qu'il y ait un peu plus, quelque chose de brouillon et d'inquiet entre eux, de provisoire et d'inabouti. De douloureux aussi, parce que chaque fois qu'ils franchissent la barrière de cet interdit (elle, Tatiana, avec ce mari auquel elle doit cacher les choses), ils en mesurent la brutalité, ils se cognent à cette situation que ce fouillis de caresses, de baisers, de pénétration et de larmes, au lieu de l'effriter, paradoxalement renforce.

Car peut-être qu'il le lui dit, dans le fond, Ma reine, oh ma reine, peut-être qu'ils trouvent le moyen, je ne sais pas comment, à quelle heure, où ça, de s'étreindre, et lui tout le long à le lui dire, oh ma reine.

On a vite fait de gamberger, dites-moi : le temps qu'on se raconte tout ça, Tatiana a posé la tasse de café devant Simon. Elle fait glisser jusqu'à lui le distributeur de sucre tandis que Frédo, d'un signe de tête, donne son assentiment à Simon, du genre allez-y j'en ai plus besoin. Ce bref moment crée entre eux une interaction dans laquelle viennent se loger des affects contradictoires, surtout du côté de Frédo : curiosité et méfiance vague, disons, à l'égard du nouveau venu, perception immédiate de leurs différences, qu'il hésite entre les durcir par un petit relevé intérieur peu amène (quand on se frotte ponctuellement à qui vit autrement que soi, c'est toujours tentant, pour compenser l'effarement que ça produit) ou les balayer dans l'idée qu'après tout on est deux types à un comptoir et que ça suffit à vous rassembler. Simon (dont le stylo bille toujours varappe contre sa poche, suspendu par son clip) laisse son attention dériver sur le coton bleu Bugatti de la combinaison à col chevalière de Frédo où quelques résidus d'enduit s'accrochent, bouloches blanchâtres collées à la trame du tissu et qui n'ont pas l'air d'avoir envie de quitter leur homme.

Roger contemple son verre de blanc comme si la solution à tous ses problèmes se trouvait dedans. Une solution dense et minuscule, une particule, qu'il s'agit de déceler, et si elle n'est pas dans ce verre-là, peut-être qu'elle sera dans le suivant. Il paraît concentré, avec quelque chose de très intérieur, dans une certaine absence et à la fois extrêmement présent ; et est-ce que ceux qui boivent seuls au comptoir n'ont pas l'air d'en savoir plus que nous tous sur la complexité des choses, est-ce qu'ils n'ont pas l'air de porter sur leurs épaules le poids des chagrins du monde, de les connaître intimement, ces chagrins, d'en détenir une conscience profonde et presque philosophique ?

Une philosophie qu'ils essayent parfois de communiquer quand un acolyte les rejoint, et eux qui sont restés longtemps silencieux, courbés au-dessus de leur verre, les voilà soudain logorrhéiques, à brasser en boucle des propos abstraits et répétitifs, à courir après les mots, à les traquer, à les rouler dans la rivière pleine de cailloux que devient leur parole, immergés dans quoi de plus grand qu'eux où ils pourraient se noyer, pagayant avec une énergie désespérée. Mais pour le moment, prostré, je parle de Roger, intense, plongé dans l'abîme que c'est, dans l'abîme que ça peut être, une existence.

Toutes ces émotions que les uns et les autres éprouvent, qu'ils irradient, Simon les laisse entrer par les pores de sa peau : la solitude de Roger, enfoncé dans quel magma de pensées dans lesquelles il s'embourbe, celle de Momo, derrière lui, à faire tourner les définitions des mots croisés dans sa tête jusqu'à ce que le grappin de son esprit attrape le mot rétif, ou à jouer au type auquel le hasard ne la fait pas, comparant dernières performances, poids et valeur handicap, hésitant pour l'ordre entre Mona Lisa Klaxon et No Regrets, avec un faible aussi pour First Shot, l'air à la fois mathématique et mystique, à la fois compétent et attendant l'inspiration, l'impulsion, la bonne onde ; l'hostilité vague doublée pourtant d'un sentiment d'amitié possible entre lesquels Frédo oscille à son flanc ; et de même pour cette nuée de sentiments confus, rapides et entêtants, entre Tatiana et Gégé, il les respire, il les absorbe.

Il est comme ça, Simon, il se laisse impressionner par les petits froissements d'âme autour de lui.

Ces impressions caracolent dans son cœur comme des poulains sauvages, et est-ce qu'il finira par lancer enfin vers elles le lasso de ses phrases, zui zui, la courbe onduleuse et graphique de leur longue lanière, et hop, pour s'efforcer d'attraper telle ou telle d'entre elles sur laquelle il commencera (prudemment, joyeusement) à mettre des mots, on le lui souhaite.

Et parce qu'au fond, oui, c'est bien ça dont il est question, quand on écrit des romans, le charivari de sentiments qui nous traversent, la foule de sensations qui nous assaillent, tout ce que ça charrie, une personne. N'importe quelle personne, qu'on connaît ou qu'on croise, même un corps qu'on aperçoit pour la première fois et qui bientôt disparaît dans le lointain en emportant entre ses parois de chair un monde. Ou juste quelqu'un debout à un zinc, avec tout ce bruissement de choses pas réglées, actives et troublantes, qui tressaillent d'une manière qui bouleverse Simon (qui me bouleverse, oui, bien sûr).

Mais trêve d'attendrissement.

Au-dessus du brise-bise, un visage apparaît, les mains en œillères pour se faire un peu d'ombre et contrer son reflet. Le regard vérifie la salle, puis entre un petit jeune homme à peine sorti de l'adolescence, avec quatre ou cinq boutons sur les joues pour indiquer qu'effectivement, ce n'est pas tout à fait fini. Tiens, Mathieu, annonce Tatiana. C'est l'apprenti de Frédo, un gars de la région, gringalet et nerveux, qu'il a pris sous son aile, Ah, te voilà, toi.

Mathieu a les joues rouges, on ne sait pas si c'est le grand air ou Tatiana qui l'intimide, son œil passe vite sur les seins moulés par le pull, juste séparés par l'épaisseur du soutien-gorge, qui la serre un peu dans le dos. On voit le bourrelet que ça lui fait quand elle se retourne pour recommencer sa série de gestes autour du percolateur, efficace et en même temps quoi, se demande Simon, quel petit brouillard de pensées à soi, mal distinctes, emmêlées, qu'elle a rarement le temps de dénouer, qui s'amoncellent sans qu'elle ait trop l'occasion d'aller y voir, et dans lesquelles

Mathieu vient d'entrer à son tour. Simon se dit que c'est comme si le corps de Tatiana était une maison dans laquelle il y avait une pièce où elle fourrait tout en vrac comme ça, un paquet de choses à trier plus tard, et dans laquelle on n'a pas le droit d'entrer mais dont l'idée du désordre hante un peu, tandis qu'elle pose un café devant Mathieu, puis un deuxième devant Frédo, dans lequel elle verse une dose de calva. Elle fait mine de vouloir faire pareil pour Mathieu, mais Frédo l'arrête (c'est comme un sketch entre eux), Pas pour le gamin, auquel au même instant il donne une tape dans le dos comme pour lui dire, Allons, c'est pas pour toi, tout ça, ni le calva, ni Tatiana (mais dans le fond, qui sait).

Frédo et Mathieu, il y en a un qui pourrait être le père de l'autre, ou presque, et on sent que ça tremblote entre eux, cette idée. On ne sait pas trop où il est, le père de Mathieu, si c'est qu'un jour il est parti, ou que Mathieu ne l'a jamais connu, ou qu'il a rejoint les morts, mais on devine qu'il y a une absence, de ce côté-là. Frédo en tout cas est bien là, et il vient la compenser à sa façon, cette absence, avec son expérience, avec son corps plus grand et plus large, avec sa voix plus grave et ce léger grisonnement dans les cheveux, et sa position de patron, qui enveloppe Mathieu, qui curieusement le rassure. Mathieu dont on voit tout de suite qu'il pourrait vite partir en quenouille, comme dit Gégé, et heureusement qu'il y a Frédo pour le cadrer (les mots de Gégé toujours, le cadrer), pour lui apprendre le métier, et pour chaque jour lui dire à demain.

Bon ben c'est pas tout ça, on a du taf, Frédo fait tinter ses pièces sur le comptoir et Salut la compagnie, un clin d'œil à Tatiana, un signe de tête à chacun, à Simon aussi, puisqu'il est là, Viens, Mathieu, et ils sortent.

*

La camionnette est garée pas loin, devant l'agence immobilière. Oups, à la chaussure gauche de Mathieu le lacet s'est dénoué qui sinue, sautille, parfois se fait écraser par la semelle. Ses aiguillettes fouettent le sol, Fais gaffe, dit Frédo, t'as un lacet de défait. Mathieu, pour remédier au problème, appuie son pied sur le décrochement du mur de l'agence, à l'intérieur de laquelle il aperçoit Lorette (son prénom s'épelle sur la devanture, *Lorette Immo*) qui discute avec un client. C'est une conversation son coupé derrière la vitre, les lèvres de Lorette s'agitent, façon film muet, et de temps à autre elle tourne son ordinateur pour montrer un bien, comme ils appellent ça, les gens de l'immobilier. Pendant que Mathieu, on n'est jamais trop prudent, consolide son affaire avec un double nœud, le client (la trentaine, à la louche) brosse des yeux les photos, et il doit être en train de faire l'effort de s'imaginer dans ce salon, dans cette chambre, dans cette cuisine, sous cette douche – on n'insiste jamais suffisamment sur tout le travail d'imagination que ça implique de se mettre en quête d'un appartement. Il essaye de se représenter en trois dimensions ces décors pour l'instant aplatis sous les pixels, l'espace, son corps dans cet espace, et tout ce que ça lui raconte, ces endroits, tout ce que ça commence de lui raconter, tout ce qu'il pourrait y vivre.

Lorette attend en faisant virevousser son fauteuil pivotant, un coup à gauche, un coup à droite, avec aisance et habitude, abusant, c'est toujours la tentation, de ses capacités rotatives. Elle jette un regard à la rue à travers la vitre (Mathieu est monté dans la camionnette, Frédo, l'œil dans le rétroviseur, se dégage de son créneau) et de temps à autre décoche une phrase professionnelle comme une fléchette qui, hop, voudrait atteindre sa cible mais aussitôt dérape, on dirait, au lieu de s'y ficher.

Le client a l'air d'hésiter, peut-être celui-ci, oui, peut-être.

Le mieux, conclut Lorette, c'est d'aller voir.

*

Bonne idée, on se lève, Lorette retourne du côté « Je reviens de suite », l'affichette suspendue au bout de sa chaînette, on monte dans sa Clio.

Il y a quelque chose de très doux, de presque intime, à se trouver tous les deux réunis au matin dans l'habitacle de cette voiture comme s'ils venaient de quitter leur appartement et qu'elle allait le déposer en chemin. C'est une sensation étrange, presque conjugale, du moins pour lui pour qui la circonstance est nouvelle – Lorette, elle, a l'habitude d'emmener ses clients pour les visites et le trouble de se retrouver à deux dans cet espace exigu et personnel de sa voiture est un genre d'émotion romantique qui, à supposer seulement qu'elle éclose en elle, doit à cet instant être reléguée très loin derrière l'excitation de la vente à signer. Bastien Sanchez (c'est le nom qu'elle a noté sur son dossier) laisse trembler cette petite fiction de leur couple tandis que se succèdent tranquillement les rues de la ville qui accueillent leur passage avec une bonhomie encourageante.

Voilà, on y est, annonce Lorette, pragmatique et informative, et tandis qu'elle se gare le pendentif accroché au rétroviseur intérieur (un sapin rose à l'odeur de malabar) oscille comme un pendule en alerte qui indique que c'est bien là que ça se passe.

Lorette et Bastien ouvrent leur portière d'un même mouvement, la claquent synchrones, dans un sens impeccable du tempo, puis confluent vers le numéro 18, un immeuble de trois étages raisonnablement décrépit, avec les volets du premier auxquels manquent des lattes, ce sont des choses qui arrivent.

La cage d'escalier n'est pas folichonne non plus (quelques fissures ici ou là, et une couleur qu'on n'adore pas – dans les marronnasses), mais rien de bien grave. On arrive sur le palier, zut, ça n'a pas l'air d'être cette clé-là, ah si, voilà, Lorette pousse la porte, Allez-y, et elle s'efface, comme on dit.

Ce petit coup d'éponge sur soi ne dure pas longtemps. Elle occupe vite l'espace, Lorette, qui entreprend de tout décrire, ouvrant elle-même les portes des placards, désignant une prise ou un tuyau d'évacuation, et vous avez vu le robinet d'arrêt d'eau est là, mais, justement, Bastien n'arrive pas du tout à regarder, elle est devant tout, elle brasse tout l'air. Il ne voit qu'elle, son énergie un peu mécanique, sa façon d'être, autoritaire, jolie mais plus tant que ça à force d'attraper tout le décor de sa voix haut perchée avec un genre de volonté d'acier, à force de plaquer des formules toutes faites sur cet endroit nouveau pour lui, d'emprisonner chaque détail dans sa vision immédiatement utilitaire des choses. Et le papier peint, bien sûr, il faudrait le passer à la décolleuse et rafraîchir tout ça avec un coup de peinture, et puis mettre l'électricité aux normes, mais franchement, conclut Lorette – franchement, s'inquiète Bastien, elle ne va tout de même pas le dire, et si, elle le dit, franchement, c'est un beau potentiel.

L'expression est tombée, beau potentiel, essayer de l'oublier, de balayer toutes ces phrases qui font écran entre l'appartement et lui, de sentir un peu les choses par lui-même. Est-ce qu'il se voit vivre dans ces volumes ? Et avec cette vue, se demande-t-il en s'approchant de la fenêtre, est-ce que c'est ça qu'il a envie de redécouvrir chaque matin ?

Par-delà une première rangée de toits, un quai borde une mince rivière, ou non pas une rivière, étrangement, puisque ce bras d'eau maigrichon s'en va bille en tête se jeter dans la mer elle-même, mais un fleuve (il paraît qu'on doit dire fleuve, du coup), le plus rikiki qu'il ait jamais vu, étriqué, placide et sombre. Sur la rive d'en face, commence une autre ville, des terrains longtemps laissés en friche et à présent construits, une imitation d'architecture locale avec des matériaux à faible coût, le tout pomponné et clinquant qui paraît presque une maquette – jusqu'aux arbustes croquignolets plantés ici ou là comme pour donner l'échelle.

Derrière lui, Lorette raconte à présent l'histoire des occupantes précédentes, deux sœurs désormais très âgées qui manifestement n'ont jamais fait de travaux, deux sœurs qui ont toujours vécu ensemble, élevant toutes les deux l'enfant de l'une d'elles, devenue comme on disait fille-mère et obligée alors de quitter la maison avec son gros ventre et ses dix-sept ans, et sa sœur aînée la quittant avec elle, et toutes les deux à s'épauler au point d'habiter l'une avec l'autre, dans ce trois-pièces pour que l'enfant ait sa chambre, une toute petite chambre, un réduit plutôt, malgré la lucarne (deux-trois pièces, disait l'annonce) ; et l'enfant désormais partie depuis longtemps, d'abord faisant sa visite une fois l'an, à peine, et puis un jour décidant que ces deux petites vieilles il fallait les placer en maison, comme on appelle ça, dans les hauteurs (où nous, on se dit qu'elles ont dû retrouver Dédé, sûrement même, chez qui elles devaient autrefois emmener la petite pour lui offrir un steak frites, certains samedis fastes, s'habillant pour l'occasion et marchant vers le café en tenant bien sa menotte, et parce que nous aussi, on pourrait vite broder sur cette histoire des deux sœurs). Et c'est pourquoi elle a mis l'appartement en vente, la petite qui désormais n'était plus du tout une petite, pour payer ça, pour faire un pécule, dont elle aura peut-être une part.

Mais toute cette histoire que Bastien écoute prend trop de place dans le volume exigu de l'appartement. Partout, c'est l'histoire des deux femmes, leurs paroles, leur silence, tout ce qui s'est déployé là et qui s'est comme inscrit dans la chair des murs. Notre trentenaire y laisse traîner son œil. De grands rectangles clairs désignent des cadres qu'on vient d'ôter, et qu'y avait-il là, quelles photos chéries, se demande-t-il, quels noirs et blancs, quels sépias même, et puis quelles images des années 1970 dont les couleurs vives avaient dû passer sous la lumière du jour. Comment envisager de s'approprier ce lieu, qui transpire l'histoire de ces vies qu'il devine tristes, scrupuleuses et solitaires ?

À cet instant un bateau de pêche remonte le cours d'eau, et Bastien regarde les mouettes qui se disputent au-dessus des caisses de polystyrène, les nuages qui défilent dans le cadre de la fenêtre et qui ont l'air de signifier le temps qui file, et non, le sien, il ne le passera pas ici.

Bastien rassemble ses forces. Ce n'est pas facile de dire non, il a toujours eu du mal avec ça. On sait qu'on va décevoir, et comment demeurer stoïque et calme devant le désarroi de son interlocuteur ? Comment accepter sereinement la vague hostilité que dans son cœur le dépit provoque, et les armes qu'aussitôt il tourne contre vous pour le dépasser ? Bastien lance un *Désolé* que Lorette réceptionne vaille que vaille, et ajoute qu'il ne se voit pas vivre là.

Son refus aussitôt crée une distance neuve entre eux. Il reconfigure les particules de la pièce, tend différemment le visage de Lorette, qui lui renvoie du tac au tac un *Dommage*, comme si c'était dommage pour lui, alors que, bien sûr, c'est dommage pour elle. Et c'est dans un tout autre état d'esprit qu'ils redescendent l'escalier l'un derrière l'autre, elle tout à l'heure pleine d'espoir et à présent bien fumasse à l'intérieur, et lui, avec cette histoire des anciennes propriétaires qui lui colle encore au vêtement, avec l'idée des vies chagrines, mais aussi avec la sensation bizarrement amère de tout ce qui les sépare, cette agente immobilière et lui, de tout ce qui est venu s'intercaler entre eux, avec, oui, le sentiment confus, inexplicable et malaisé, d'un ratage.

Je vous dépose dans le coin de l'agence, propose Lorette avec un sourire contraint, Merci mais je vais marcher un peu. On la voit remonter dans sa Clio qui l'emporte vers la suite de sa journée, tandis que Bastien, les mains dans les poches, indécis, mécontent et boudeur, donne deux trois coups dans un gravillon qui traînait là (et qui prend tout, le pauvre).

Tiens, j'irais bien visiter l'aquarium, s'autosuggère notre trentenaire histoire de se changer les idées, il doit y en avoir un dans le coin. Et on imagine déjà Bastien marchant bientôt entre deux rangées de vitres derrière lesquelles des poissons de toutes sortes (grandes roussettes, tarpons, grondins perlons, gaterins à bandes jaunes, murènes et compagnie) cherchent inutilement la mer, allant et venant, tournant en rond, et s'arrêtant parfois pour regarder la figure d'un visiteur (les mérous, surtout, avec leur bonne bouille et leur curiosité gentille, qui viennent volontiers vous faire un petit coucou), plantant alors leur œil rond dans le vôtre, bouche bée, dans un face à face hébété, eux dont vous savez bien qu'il paraît qu'on vient et qui ont l'air chaque fois de se demander comment ils ont bien pu se transformer en ces silhouettes à deux bras et deux jambes qui respirent à l'air libre dans leurs vêtements saugrenus, avant de repartir vers le fond de leur cage de verre, interloqués et meurtris.

Mais on devra se contenter de l'imaginer. Car quand Bastien s'approche d'un chauffeur de taxi arrêté au feu pour lui demander où se trouve l'aquarium, Rémi (pour vous servir) commence par regarder l'hurluberlu en répétant « l'aquarium » en phonétique. Ces syllabes n'évoquent manifestement rien en lui, puis, comme s'il avait fini par les assembler assez correctement pour qu'elles forment un mot qui renvoie à une chose, il laisse tomber un verdict imparable : Il n'y a pas d'aquarium ici.

⋆

Le feu passe au vert, et Rémi redémarre (ces touristes, je vous jure). On entend à la radio du taxi une voix qui demande l'hôtel Bellevue pour la gare, Monsieur et Madame Worcester. Je prends, dit Rémi en attrapant aussitôt le micro, j'y suis dans cinq minutes.

Rémi le sait tellement sur le bout des doigts, cet itinéraire, sur le caoutchouc de ses pneus, qui pressent le macadam familier. C'est un matin calme où tout a l'air de se dérouler au poil et, tandis que le dehors a pour lui cette allure facile et connue dans laquelle il évolue avec aisance, il laisse flotter son petit monde intérieur entre le pare-brise et lui, soupesant quels événements récents de sa vie, quel sentiment général d'exister, quelles idées incertaines, où, vous savez ce que c'est, circulent incognito quelques non-dits, où affleurent secrets et énigmes, où se pressent une flopée de doutes qu'une équipe de certitudes envoyées en renfort, autoritaires et qui ne font pas dans la dentelle, comme sont les certitudes, moins nombreuses mais très armées, tente de disperser.

On longe le quai dont les façades ont brossé ses rétines des dizaines de milliers de fois, et elles défilent comme en un diaporama – en deuxième rangée, vous apercevez justement l'appartement que Bastien vient de visiter, la fenêtre à laquelle il s'est accoudé tout à l'heure pour regarder le quai. Puis on emprunte le pont, on traverse ce fleuve qui n'a décidément de fleuve que la définition technique (et pour le reste bras d'eau malingre dans lequel le ciel à l'étroit peine à se refléter), voilà, c'est très vite fait. Le taxi roule jusqu'à la place au milieu de laquelle la fontaine à jets parallèles crépite scrupuleusement (le genre de fontaine qui ne s'encombre pas de dauphins ni de lions, qui fuse dans une géométrie rigoureuse sans se préoccuper de vous en conter, austère et sans histoire). On prend une diagonale, et bientôt l'enseigne de l'hôtel se détache en contre-jour, au-dessous de laquelle le couple est déjà là, que notre Rémi depuis son point de vue voit grandir (ah, la perspective) et se préciser : deux septuagénaires encadrant une unique valise à roulettes, debout entre eux comme un gros toutou tout sage.

Anxieux tous les deux, est-ce la situation du départ et l'état dans lequel ça peut vous mettre (la peur d'avoir oublié quelque chose dans la chambre, la crainte d'être en retard, cette idée du couperet de l'horaire du train qui plante dans le cours du temps une incise inflexible – et quoi d'autre encore qui est capable de vous chavirer dans ces moments-là), Rémi se pose la question en enfournant ladite valise dans le coffre.

La femme le remercie avec juste une pointe d'accent qui fait basculer entre eux de fugaces images de Big Ben, de la Tour de Londres, de la jetée de Brighton et des roches herbues de la côte anglaise.

Rémi lui ouvre la portière, en voiture, Simone.

Sur la banquette arrière, le couple n'est pas bien loquace. Greg et Eva Worcester ont l'air enfoncés dans des pensées qui doivent avoir trait aux lieux qu'on quitte, à ce qu'on y laisse, à ce que ça aura été que ce séjour, qui a passé si vite, aux jours qui s'enfuient, tout ça. Chacun la tête tournée vers sa vitre regarde filer le décor où ils sont venus chercher quoi, quel oubli, ou quelle reviviscence, le long de ces façades coquettes et pour eux dépaysantes, prenant là leur bol d'air (ça nous fera du bien, ont-ils dû penser) ; et à présent c'est le moment d'en partir, avec la boule au ventre que ça fait toujours, les départs, les retours. De temps à autre, Rémi jette un coup d'œil dans le rétroviseur intérieur où, les règles optiques étant ce qu'elles sont, c'est le visage de la femme qui s'encadre. Elle paraît crispée, tendue, et après tout peut-être qu'ils viennent d'apprendre une mauvaise nouvelle, s'interroge Rémi (une fuite d'eau dont un voisin vient de les prévenir, quelqu'un qu'ils aiment et qui ne va pas bien), ou encore ils ont dépensé toutes leurs économies aux courses, ou au casino, et ils ne voient pas comment ils vont se sortir de ce pétrin – oh et puis qu'est-ce que j'en sais, tranche Rémi en chassant ces hypothèses qui étaient accourues vers lui comme des chiots tout fous avides de câlins (les hypothèses sont comme ça).

Et il roule vers la gare en ravalant tout ça pour laisser juste ondoyer dans l'habitacle une vague perception de lui-même pendant que ses clients pensent bien à ce qu'ils veulent.

La gare, on y est, voilà, m'sieur-dame, Rémi empoche les dix euros, actionne la portière du côté d'Eva et déverrouille le coffre d'où il extrait la valise à roulettes, laquelle, éblouie par la brusque luminosité, cligne un peu des yeux, euh, qu'est-ce que je raconte, d'où il extrait la valise bien matérielle, imperturbable et tout, sans yeux ni émotions ni rien, Bon retour.

*

On emboîte donc le pas à nos septuagénaires anglais qui, clopin-clopant, se dirigent vers le hall, car, oui, c'est avec eux à présent qu'on embarque, vous commencez à comprendre le principe, à eux que Rémi passe le bâton de relais, d'autant que le train, ça nous ouvre de nouveaux horizons.

Où est-ce que j'ai mis les billets, *for Pete's sake*, se demande Greg à voix haute, tapotant ses poches dans tous les sens, les fouillant, fébrile. Eva s'agace, la petite phrase « C'est toujours pareil » commence de monter en elle, une phrase constamment terrée pas loin et qui frétille dès qu'on en a besoin ; et qu'est-ce qui est le plus contrariant, l'inefficacité de Greg ou le retour des choses, cet engluement dans le même ? Regarde dans ta poche intérieure, suggère Eva, trop découragée pour se mettre en colère. Greg finit (ah non, voilà, c'était dans la pochette de la valise) par extraire la liasse de feuilles qu'on leur a imprimées tout à l'heure à la réception de l'hôtel. Du coup, pas besoin de composter, non – tant de choses changent sans même qu'on ait le temps de s'en apercevoir : bientôt on oubliera jusqu'à ce verbe, sans se douter de ce que ça aura pu signifier pour les générations précédentes de gestes obligatoires, de petits ballets devant la machine orange juchée sur son pied, avec le billet rétif qu'on n'engageait jamais dans le bon sens, enfin, je vous passe le récit de ces déboires qui bientôt, c'est ça aussi le temps qui passe, auront besoin de notes en bas de page.

Notre couple lève la tête vers le tableau d'affichage. Voie B, dit Eva qui, nuque droite, allure d'éclaireur, prend la tête de l'expédition et de vitesse Greg qui de son côté, merci bien, avait parfaitement lu.

Greg suit en remuant deux trois pensées qu'on va éviter de retranscrire (le genre bombe sommaire avec sa mèche, voyez, éclairs, voire tête de mort, griffonnés dans un phylactère aux contours de nuage hérissé), et qu'est-ce qui se joue dans tout ça dont on n'a même pas idée, quel méli-mélo de regrets, d'humiliations dites ordinaires, doublées d'enjeux obscurs et décalés. Traînant toujours leur valise derrière lui (laquelle, lourde, rétive, tire sur sa poignée à coulisse comme un setter sur sa laisse), il avance en secouant la tête comme pour se débarrasser de ces pensées, comme pour les faire tomber, plof plof plof, sur le goudron rosâtre du quai.

Quelle voiture, demande Eva en se retournant, et une fois de plus cet affolement dans le cœur de Greg. Nouvelle épreuve, on farfouille dans les feuilles, c'est écrit petit, et où ça donc, voiture 7, conclut Eva en pointant du doigt la bonne case, comme s'il avait raté l'examen et que, foutu pour foutu, elle lui donnait la solution. Impériale, se rengorgeant de sa propre efficacité, elle continue de mener leur barque en vérifiant un à un les numéros des voitures, allons, c'est celle-ci.

Un jeune contrôleur est là qui aide à monter la valise, Vous êtes bien aimable, lui dit Eva, et dans cette phrase toute simple, presque mécanique, qu'est-ce qu'on entend d'émotions multiples qui se superposent en millefeuille ou bataillent les unes contre les autres dans le cœur d'Eva. Derrière le remerciement sincère, quel regret de ne pas avoir le même âge que lui, quelle mémoire de son charme d'avant (de ce qu'elle nomme son charme d'avant), de sa facilité à séduire alors et qu'elle considère désormais comme un pouvoir éteint, qu'elle voudrait savoir raviver devant la jolie figure du jeune homme et la proximité de leurs corps quand sa main empoigne la valise ; et à l'inverse, quelle assurance la parcourt, quelle certitude qu'on lui doit bien ça, à présent qu'elle promène son antique personne, et à lui aussi, Greg, pas trop solide, quelle conviction que c'est la moindre des choses – ah tout ce qui peut se loger dans une réplique toute sociale et apparemment anodine.

Même imbroglio que tout à l'heure pour le numéro de la place, à chercher dans la liasse, même agitation, même bouillon d'agacement, avant d'arriver à lire et à prononcer 92 et 94 (tout ce que ça implique de foisonnement d'alarmes, que voyager, d'affres, de petits désarrois). L'œil à présent court au-dessus des sièges pour tenter d'attraper lesdits numéros, et la bouche recrache les mauvais comme des pépins, 53, 56. À force, on s'approche, on chauffe, 90, on brûle, voilà, c'est là.

C'est un carré, le 92 et le 94 se font face, tous les deux côté fenêtre, qui va prendre le sens de la marche, Allez, vas-y, dit Greg, moi ça m'est égal. Le sens de la marche, c'est mieux pour ma digestion, pense Eva, et peut-être qu'il entre aussi là quelque chose de symbolique, l'envie de se représenter à ses propres yeux comme une femme qui va de l'avant, quelque chose comme ça qui la travaille et qui fait qu'elle se sent mieux le regard tourné vers sa destination, à se préparer mentalement pour la suite.

Vous, je me demande ce que vous préférez, quand vous quittez un endroit, ce fameux sens de la marche censé être le plus agréable, ou au contraire regarder s'enfuir tout ce qui ainsi s'éloigne en temps réel, les lieux qui vous ont accueillis, vos jours là-bas. Personnellement (on ne se refait pas), j'aime mieux retenir un peu dans mes yeux, puis dans ma pensée, cet endroit tout au bout, bientôt invisible, qui est devenu une toute petite partie de ma vie. Et Greg n'est pas mécontent non plus de cette position gentiment nostalgique, plus calme, moins ardente, moins tendue vers l'avenir, plus reposante en un sens, plus douce, tandis que le train s'extrait lentement du quai au sol fendillé, dans les fissures duquel des touffes d'herbe ici ou là glissent une tête (la puissance de la vie, parfois).

Puis le train gagne en vitesse et les paysages (des entrepôts encore, des transitions entre ville et campagne) commencent à défiler, dans le sens de l'avenir, pour Eva, dans celui du passé, pour Greg.

Et ça y est, derrière la vitre, ce sont les champs, gras, riches, opulents, lourds de promesses sous un ciel d'aquarelle, et les prés, souverains, tranquillement majoritaires, fragiles pourtant, blessés par les pluies que les sols ne parviennent plus à absorber et qui laissent de larges flaques qui distribuent dans l'herbe leurs ovales bleus. Dans les ornières des chemins aussi les pluies ont déposé de petits miroirs, où les nuages se reflètent, une volée de nuages coquets, potelés et blancs, qui se déploient au-dessus de chevaux, de poneys, d'un abreuvoir, d'une longère, d'un fouillis d'arbres, de troncs enlierrés.

Viennent s'y coudre des rectangles de colza, bien jaune, bien vif, qui au loin cogne joliment contre le bleu du ciel ; des plants de maïs, si hauts qu'on pourrait s'y cacher, toujours démesurés, presque fantastiques, comme disproportionnés ; et, participant de ce patchwork, des carrés verts où paissent des vaches, tachetées d'acajou comme elles savent, avec ce même air qu'elles ont toujours, cette placidité entière, intime, profonde, que les mouches qui viennent se coller jusque dans leurs yeux ne suffisent pas à entamer. Plus loin quelques moutons dodus, gourmands, occupés à brouter, et, regardez, un rassemblement de mouettes, remontées vers les terres, qui picorent la terre meuble ; et là, tenez, un héron, fiché au bord d'un ruisseau comme sur une estampe, longiligne et pensif.

Tous ces paysages, c'est encore le voyage, et pourtant il y a quelque chose qu'ils ont laissé là-bas, Greg et Eva, quelque chose de difficile à nommer et qui fait que l'œil est moins à galoper dans tout ce vert comme il le faisait à l'aller, à s'égayer de ce spectacle, qu'à s'enfoncer dans des images intérieures, des scènes brumeuses, où leur esprit devient comme un poisson-voile de Chine qui laisse onduler ses amples nageoires translucides en évoluant dans les eaux troubles et tièdes de leur moi.

Mais il n'y a pas que cette nostalgie presque moelleuse, dans le cœur de Greg. Il y a les disputes larvées de tout à l'heure, ces inquiétudes répétées, tout ce stress des voyages, et ce que ça remue dans leur relation de terrains embourbés, de petits marécages, de chagrins vagues et de frustrations.

Et parfois pas du tout vagues, ces chagrins, parfois des chagrins très précis, et Greg repense à cet été récent où il a découvert, dissimulé derrière une rangée de livres de la bibliothèque, un cahier qui avait appartenu à Eva. C'était un cahier qu'elle avait rempli il y avait quoi, vingt ans de ça, et où elle tenait le journal de ses inquiétudes, où elle parlait de l'amour, du désir, de la peur de ne plus se trouver prise dans ces petites situations de flirt qui ne prêtent pas à conséquence mais qui flattent l'ego, qui rassurent. Ce regard pétillant que les hommes avaient plus ou moins toujours porté sur elle, et dont elle craignait qu'il s'éteigne, ce sentiment de se tenir sur une frontière, de s'apprêter à entrer dans un grand pays gris dans lequel on ne poserait sur elle que des regards polis, dénués de la moindre imagination. Et puis ce qu'elle avait raconté aussi dans ce journal, c'était cette surprise, qui avait eu un prénom. La surprise s'appelait Frank. Il avait quinze ans de moins qu'elle, travaillait dans le même quartier, déjeunait souvent dans le même café. Un jour il s'était assis à sa table, et puis encore un autre jour mais cette fois on s'était fixé rendez-vous. Il y avait eu quelques déjeuners comme ça, à parler de tout sauf de Greg (et pour Frank, sauf de qui ?), et puis la chambre d'hôtel, qui donnait sur la Tamise, et où d'une fois sur l'autre il l'avait prise dans les draps, sur le bureau, sur la moquette, dans la douche, devant la fenêtre, derrière laquelle les bateaux offraient leur profil sous les ciels variables. Ça avait dû durer trois mois, et elle racontait, chaque fois, ce qu'il avait fait, ce qu'elle avait fait, ce qu'elle avait ressenti. Et puis Frank avait repris ses billes, il devait allait travailler six mois à Munich, et ensuite qui sait où il serait muté, ça n'avait pas beaucoup de sens de garder contact. Et elle avait raconté ça aussi, dans le cahier, le manque, les semaines suivantes, la manière dont la pensée de Frank était omniprésente, y compris quand elle rentrait chez elle, y compris quand Greg la touchait. Et puis elle avait dû se déliter, cette pensée, en tout cas, Eva avait cessé d'écrire. Et le cahier était resté dans sa cache, jusqu'au jour où Greg, un après-midi où il était seul dans la maison (la même qu'ils avaient toujours habitée depuis leur mariage), un peu désœuvré, avait justement voulu lire un roman qui se trouvait devant, avait basculé le livre vers lui, et paf, dans l'ouverture ménagée, avait aperçu cette forme sombre avec sa spirale argentée. Il l'avait lu, vite, puis il l'avait replacé où il l'avait trouvé, et quand Eva était rentrée, il n'avait rien dit. Est-ce que ça arrive encore à Eva de penser à Frank ?

Bientôt des usines et quelques habitations envoient leur signe annonciateur, et voici une ville, à droite des maisons pour la plupart anciennes, colombages et tout le toutim, à gauche des constructions plus récentes, de francs lotissements. On sent les freins râper les rails à l'entrée en gare.

*

Représentez-vous un abri de bois étonnamment japonisant devant lequel quelques silhouettes, tendues vers l'arrivée du train, plissent les yeux, crispent les mâchoires, prêtes à bondir, remettant à plus tard le regret (ou la joie) de partir et pour l'instant franchement au taquet, concentrées sur la situation, dans les starting-blocks.

Parmi tout ce petit monde qui se prépare psychologiquement au court et intense moment de vague effarement et d'action qu'il va falloir vivre, on repère une toute jeune femme, manteau demi-saison coquelicot et tote-bag, laquelle monte justement, est-ce que ce n'est pas une jolie nouvelle, dans notre voiture et vient s'asseoir, c'est notre jour de chance, pile-poil à côté de notre couple.

Je vous présente Lila, qui aussitôt plonge dans son téléphone. Elle les connaît, elle, ces champs, ces prés, dont le diaporama se remet en route, ces maisons qui surgissent sans prévenir, ces chemins qu'on aperçoit. Combien de fois est-ce qu'elle les a vus se succéder derrière la vitre, à force de ses allers et retours dans sa maison d'enfance, où son petit frère habite encore, où sa mère fait de son mieux, où les repas sont cette chose inconfortable et lourde dont elle voudrait chaque fois s'extraire, chaque fois imaginant qu'elle se lève de table et qu'elle leur dit que maintenant, ciao, elle vit sa vie à elle dans la grande ville, que tout ça, pour elle, c'est du passé. Sauf que tout est plus compliqué que ça, bien sûr, qu'il y a cette affection définitive qu'elle a pour eux, cette peur même, constante, qu'il leur arrive quelque chose, et personne, non, personne n'a intérêt à toucher au moindre de leurs cheveux. Alors elle y va dès qu'elle peut, elle y passe une journée ou deux, et pensez donc si elle les a vus et revus, ces paysages, même s'ils n'ont jamais la même allure, même si les ciels au-dessus de tout ça changent et avec eux la lumière qui modèle les choses, qui les retravaille, les désigne ou les absorbe, les confond ou au contraire en fait saillir les angles, en sculptant les reliefs chaque fois différemment. Ce qu'elle y voit, Lila, seulement la continuité matérielle et irrévocable des lieux, une continuité dont elle aimerait pouvoir faire l'économie, hop, ellipse, comme dans les films. Ce moment comme ça un peu suspendu en quoi les trajets consistent, un temps perdu, pense-t-elle (au contraire de Greg qui regarde le dehors avec intensité, accumulant en lui les images), comme si son existence se trouvait amputée de ces heures-là, qu'elle emplit alors comme elle peut en s'engouffrant dans son téléphone, lequel offre, il faut bien dire, tellement de possibilités, et lui permet, par sa mini-fenêtre, d'entrer dans toutes sortes de mondes. Et la voici à consulter des graphiques météo, puis la *life* d'une amie, et puis celle d'une autre, des photos auxquelles elle ajoute son *like* ou pas, envoyant parfois un commentaire des deux pouces avec une dextérité qu'on peut lui envier, surfant ensuite sur quelques infos *people*, puis cliquant de l'index sur la bande-annonce d'un film (elle a bien mis ses oreillettes, oui, oui), fuyant aussi la présence de ce couple de retraités qu'elle sent en pointillé et qui lui est vaguement désagréable sans qu'elle puisse exactement s'expliquer pourquoi.

Est-ce seulement parce que leur vie lui paraît si différente de la sienne ? Et que ce lien entre eux, qu'elle imagine si ancien, en un sens la remet en question, elle qui passe fébrilement d'une histoire à l'autre ? Ou au contraire parce qu'elle considère cette relation si longue et si obstinée comme un alien vaguement repoussant ? Qui sait ce qui se passe dans la tête d'une jeune fille ?

Ou peut-être qu'elle perçoit confusément ce nuage de rancœurs qui volettent encore entre Eva et Greg comme ces moucherons qu'on n'arrive pas à chasser certains jours humides, vous savez, au début de l'été, où ils s'évertuent à tournoyer, des genres d'insatisfactions collantes, microscopiques et obsédantes.

À quoi s'ajoute cette agressivité larvée qu'Eva éprouve à l'égard de Lila, et dont elle doit bien ressentir les vibrations, Lila qui peut-être a surpris un de ces regards en oblique qu'Eva jette parfois vers elle, car Eva, oui, ne se contente pas de malaxer son inépuisable ressentiment à l'égard de Greg, elle trouve aussi l'énergie de s'agacer de cette jeune fille ou jeune femme qui sent la vanille et dont elle ne comprend ni les paillettes violettes du vernis à ongles ni la frénésie avec laquelle elle pianote sur son portable, et dont toute la jeunesse en vérité lui paraît comme une atteinte à sa propre intégrité, fragilisée par tant de peau lisse et nette (mais pas si nette, non, regarde, Eva, ces petits boutons ici ou là, sur le front, le menton, et quand la jupe remonte un peu sur la cuisse le sillon blanc d'une vergeture, toutes les peaux ont leurs défauts, s'il faut les appeler des défauts plutôt que simplement l'expérience de la peau concrète et vraie), par tant de vie devant soi.

Toutes sortes d'ondes malaisées, d'animosités vagues et mal réglées circulent ainsi entre leurs sièges et tremblotent dans l'air qu'ils respirent tous les trois, Lila, Eva et Greg.

Lequel décidément préfère plonger ses yeux dans les paysages. Ah, cette façon dont le train les traverse, les coupe en deux, entre dans la chair de la végétation, le fouillis des herbes, la beauté verte des sous-bois, et puis voyez les collines, le doux dénivelé des choses. Un lotissement parfois, les maisons regroupées, semblables, comme clonées, l'idée des vies dedans. Et de nouveau des collines, les courbes qu'elles font, le sol ondulé, qui a poussé, enflé, qui s'est gonflé, allez savoir comment, il y a un bail de ça, dans un effort immémorial, dont il ne reste plus que l'effet, cette douceur, presque vivante, de leur relief tout en arrondis, le genre de joie paisible qui en émane.

Et puis la transition vers une ville, l'intuition qu'on y arrive, fondée sur toutes sortes d'indices épars, une de ces zones dites périurbaines, construites bon gré mal gré et foutraques, qui ont l'air d'avoir jeté aux oubliettes l'idée de beauté pour lui substituer un grand n'importe quoi éperdu et douloureux, laissé aux mains d'allégories hostiles du type Mépris, Honte et Renoncement, avec un soupçon de Hasard qui flotte au-dessus des terrains vagues et s'engouffre partout où on lui laisse la place.

Et la ville, la voilà. Comme le train ralentit, une bruine commence de scarifier les vitres – de petits traits en tous sens, en vrac, comme des allumettes tombées de leur boîte.

Dernier arrêt avant le terminus, notre couple va descendre ici, regardez-les qui se sont levés avec un peu d'avance et attendent les premiers devant la portière, dont il leur faudra, aïe, aïe, aïe, soulever la poignée au coude compliqué (Greg, inquiet, révise intérieurement les consignes de l'affichette et tente de mémoriser le sens dans lequel actionner la béquille).

Et là, je mets cartes sur table. Deux solutions s'offrent à nous : les suivre ou rester avec Lila. Ah, le monde est un réseau inextricable de possibles, qui font autour de nous leur sarabande, et que nous assassinons finalement sans vergogne chaque fois que nous faisons un choix.

Vous avez une préférence ?

L'ambiance entre Eva et Greg n'est toujours pas au beau fixe, et puis il y a ce crachin sous lequel ils s'apprêtent à marcher, grimaçant, ramassant leur visage comme pour offrir moins de prise aux gouttelettes (un vieux réflexe qu'on tient on ne sait pas d'où), un crachin de pas grand-chose mais qui mouille vite, qui entrave un peu et qui ne donne pas forcément envie de se retrouver dehors. Restons plutôt avec Lila (je gage que c'est votre choix, allons), avec son tote-bag fleuri, son parfum vanille, tout ça.

*

On a bien fait, parce que la pluie redouble.

On se rencogne dans notre siège, bien au sec, et on laisse nos pensées dériver tristement sur tous ces possibles qu'on fusille – un massacre énorme, quand on y réfléchit, car pour chaque bifurcation, à la branche qu'on ne choisit pas, s'en seraient greffées d'autres, qu'on annule dans le même temps sans les connaître. Et de même que, pourquoi est-ce que je pense à ça, quand une seule personne en capacité de procréer meurt, à la guerre ou ailleurs, c'est toute sa descendance qui d'un coup se trouve abolie, toute sa descendance que le mort ou la morte emmène dans sa tombe (ou dans le vase où on met ses pauvres cendres), tous ceux qui, génération après génération, en auraient été issus (et ça fait un paquet de monde, qui ainsi n'aura pas vu le jour).

Chassons ces idées, allons, observons plutôt la pluie qui tombe sur la vitre, plaquée par la vitesse, emmenée par son frottement. C'est toujours un peu surprenant, ce trajet presque horizontal alors des gouttes, les lignes que ça dessine, le sillage, vous savez, de chacune, qui avance en sinuant, qui se propulse, comme si elle avait une petite tête ronde et une queue, et, regardez-moi dans les yeux, en toute franchise, est-ce qu'on ne dirait pas des spermatozoïdes qui s'élancent à toute berzingue, vus au travers d'un microscope et nageant avec vivacité sur leur lame de verre ?

Derrière, le paysage raturé fait ce qu'il peut pour exister, campagne déserte, champs qui prennent l'eau, chemins de plus en plus boueux ; et puis une maison qui au milieu de toute cette nature donne l'impression d'être parfaitement solitaire, calme et tranquille, alors même que son contrechamp, c'est le train, plusieurs fois par jour, qui transporte des milliers de voyageurs dont les silhouettes s'aperçoivent depuis ses fenêtres – parmi lesquelles à cet instant, rapide, fugace et de profil, celle de notre Lila.

Laquelle s'endort un peu, se met à rêver, et ça a l'air compliqué, comme souvent les rêves. Les lignes se tordent, les espaces s'amalgament, on change de lieu en un claquement de doigts, une personne se métamorphose en une autre, on évolue dans un genre de chaos. Et elle tente de se débrouiller dans tout ça, ou du moins la personne qu'elle est dans son rêve, ce moi indécis qu'elle promène, ce point de vue, ce sac de peurs et de désirs, vous savez comme c'est.

On somnole contre son épaule. Quand on rouvre les yeux, dehors ce sont toujours, en des proportions seulement variables, peupliers, habitations, fils électriques, conifères, et parfois un saule, tout plaintif comme ça, tout avachi, dolent et pleurnichard. Et la souveraineté du vert, qui ondule en voluptueux vallons (la campagne, quoi).

Des sous-bois, où gigotent d'invisibles bestioles, où se trament des milliers de conflits minuscules, de combats et de dévorations, et dont les arbres serrés masquent presque tout sous leur gribouillis de branchages. On a engrillagé les talus sur les bords de la voie, et toutes sortes de bouts de bois jetés là par les tempêtes récentes gisent en désordre sous les mailles du grillage alvéolé.

Des terrains de hand, dont les filets ont été décrochés des buts, une grande usine abandonnée, taguée à la va-comme-je-te-pousse, aux vitres explosées, des champs encore, des serres à l'arrache (quelques arceaux et des bâches), un village, un réseau de routes, un camion de dos, qui va vers quoi. Tout ça continue à défiler (oh, ces prodigieux travellings que le réel vous offre), le paysage derrière la vitre se donne en format cinéma.

Et puis, avant les villes de banlieue bientôt scindées par le train, avant les pavillons en pierre meulière et seuils à auvent, avant les jardinets où noircit parfois un parasol humide puis les barres d'immeubles dont le train passe si près qu'on aperçoit clairement un drap qui sèche à une fenêtre, un sac plastique renfermant quelques denrées alimentaires qui prennent le frais sur un rebord, quand ce n'est pas l'intérieur des chambres, avec parfois une silhouette assise, enfoncée dans ses pensées, comme sur une toile de Hopper ; avant tout ça, des prés encore, vides, un pommier tout seul qui se détache contre le ciel, comme s'il était le dernier des arbres.

*

Terminus, c'est la ruée habituelle pour sortir de la gare, attention à ne pas semer Lila, pardon, pardon, on joue des coudes, on ne la quitte pas d'une semelle. On débouche à l'air libre, et c'est la sensation de la foule à ciel ouvert, après les champs déserts. Du monde, beaucoup, une odeur de ville.

Lila habite tout près, c'est commode, on a juste à traverser une rue, puis à marcher encore sur trois cents mètres, et c'est là. Elle compose son code, on monte deux étages avec elle, qui veut introduire sa clé dans la serrure mais Dylan est encore là qui ouvre la porte et l'accueille, la trentaine flegmatique, pas réveillé depuis longtemps, si vous voulez mon avis, et tout à fait sexy, ça n'est pas le problème, mais, comment dire, Lila préférerait qu'à cette heure-ci il soit en train de gagner de quoi partager le loyer avec elle.

J'ai eu une panne de réveil, mais comme ça on se voit, fait Dylan, en même temps sincère (il est vraiment content) et sachant bien qu'il se cherche une excuse en essayant de mettre en avant le bon côté de la situation (sacré Dylan).

C'est comme ça qu'on débarque dans l'intimité d'un jeune couple. On est chez eux (tâchons de nous faire tout petits), et ça chavire un peu, on pense aux couples qui commencent, qui inaugurent, y croient et puis se défont, on pense au premier petit couple qu'on a formé, à comme la roue tourne, à la ronde que c'est, au chagrin et à la rebelote.

Discrètement accoudés au chambranle de la porte, on assiste à leurs retrouvailles. On les regarde et on se dit qu'ils n'en ont pas forcément pour très longtemps à rester ensemble : on devine au premier coup d'œil tout ce qui les relie et tout ce qui les sépare.

Ce qui les sépare, eh bien elle, Lila, à comparer malgré elle le spectacle de Dylan traînant dans l'appartement à ses attentes, à regretter quoi qui ne ressemble pas à la situation présente, quelle idée préconçue dont elle aurait voulu que la réalité coïncide avec elle plutôt que de lui présenter cette image d'un garçon mou et indolent (monsieur dort le matin jusqu'à point d'heure, laisse traîner ses vieilles chaussettes, ne pense jamais à reboucher le tube de dentifrice – petite série de manquements à compléter à votre guise) qui contraste avec son tempérament à elle de jeune femme décidée, active, et dont gageons que la meilleure amie ne cesse de lui dire qu'il vit, comme le veut l'expression, à ses crochets. Elle, donc, à remâcher des reproches aigrelets, et quant à lui, oh, je dirais l'appel du large, ou du moins c'est ce qu'il croit, à fantasmer ses départs vautré sur le canapé l'essentiel de la journée, entre ces quatre murs. Et tout ça vibre dans la pièce, les paroles négatives de l'amie, les visions inconciliables, le sentiment parfois d'une montagne entre eux.

Quant à ce qui les relie, je n'ai pas besoin de vous faire un dessin, et justement Dylan attire Lila sur le canapé, il l'assied sur ses genoux, prend son visage entre ses paumes et l'embrasse à pleine bouche (nous, pas gênés, à nous inviter dans tout ça, parfaitement invisibles et impunis), il se recule, la regarde, lui lisse les cheveux en arrière, l'embrasse de nouveau, et puis ça a l'air de s'accélérer (est-ce qu'il faudrait les prévenir qu'on est là ?), Dylan déboutonne le chemisier de Lila, ils commencent de s'arracher les vêtements, et je m'apprête à jeter sur leur étreinte un voile pudique, comme la caméra de Truffaut, celle d'Autant-Lara et d'autres, qui dans ce genre de scène alors s'en va vers ailleurs (mur, plateau de petit déjeuner, etc.), je panote vers la fenêtre, sur le montant de laquelle on s'aperçoit qu'une mouche s'est posée, tête en bas, c'est bien le genre, profitant du super-pouvoir adhésif de ses pattes pour vous considérer le décor à l'envers. Voilà qu'elle se remet à voler et aussitôt son vrombissement la trahit qui d'un coup fait trembloter le voile des tympans de notre couple, merde, une mouche, conclut Lila, qui s'interrompt pour repérer la minuscule silhouette sombre et insolente qui virevolte à son aise en trouvant ces locaux plutôt accueillants. Mais l'hospitalité de Lila a des limites, et elle se lève (Excuse-moi, Dylan) pour aller ouvrir un battant de la fenêtre dans l'espoir que l'intruse aura envie d'aller s'engouffrer dans le grand dehors. Ça n'est pas gagné, car le grand dehors, pour le moment, n'entre pas dans ses projets, elle est très bien là (température idéale, quelques denrées à vue dans la cuisine, pourquoi aller voir ailleurs ?) et Lila (ah, Lila, pense Dylan en la regardant bouger dans la pièce, son chemisier ouvert, son soutien-gorge dégrafé) fait des gestes brouillons, larges et désordonnés pour essayer de l'orienter, elle se lance dans une chorégraphie étrange, les paumes ouvertes, battant l'air de ses deux bras. Comme ça ne suffit pas, Lila attrape une revue dont elle se sert comme d'une raquette, O.K., cède la mouche, je m'en vais, et effectivement on la voit qui sort par la fenêtre que Lila referme aussitôt, la coinçant à l'extérieur, si tant est qu'on puisse se retrouver coincée dans le monde immense qui excède l'appartement de Lila.

*

Notre bestiole (suivons donc les tribulations de la mouche) zigzague dans l'air de la courette, incertaine et vexée, elle envisage un piqué vers le robinet du tuyau d'arrosage puis aperçoit une fenêtre ouverte (c'est tentant, de nouveau un petit intérieur douillet où se dorloter un peu) et elle se permet une incursion chez ce voisin mélomane, qui vient de s'asseoir à son piano.

Trop concentré pour l'entendre qui prend discrètement place sur un rayonnage de la bibliothèque (elle y sera très bien pour écouter), il joue, mal, oui, si vous voulez, mais de tout son cœur. La technique n'est pas fortiche, les fausses notes ne se gênent pas pour s'inviter, le rythme serait à revoir, mais sa maladresse est presque émouvante et les nuances y sont. Ses doigts cherchent, essayent, reprennent, il y a là on ne sait quoi d'intime, d'approximatif et d'heureux. Il y met toute son âme, attentif et patient, et sa main gauche, volontairement discrète et qui se contente d'accompagner, forme comme un nid, tandis que les notes de sa consœur la main droite, forcément plus aiguës, mais aussi plus nettes, lancent leur pauvre chant d'oisillons.

Une flopée de croches et de noires tournicotent autour de notre pianiste amateur (un retraité, je n'ai pas encore pensé à vous le dire, qui continue à tapoter la résine de ses touches avec beaucoup de sentiment) avant de s'échapper dans la cour où elles s'ébrouent librement, se démultiplient et se disséminent en des bouquets d'ondes sonores, dont certaines, vlouf, s'engouffrent chez la gardienne (bonjour, Vanda), aussitôt ceinturée par une guirlande de *mi-ré-mi-ré-mi-si-ré-do-la* dont elle tente de se libérer en se levant pour aller fermer la fenêtre (il s'y remet, le père André) avant de se rasseoir sur le canapé à côté de son amie Estelle, venue lui rendre visite.

⋆

Cette amie, voyons voir, a longtemps été la gardienne de l'immeuble d'à côté. Et puis une fois à la retraite, elle est retournée dans le Limousin, où elle était née, où elle avait vécu toute son enfance, parce que d'un coup, avec son mari mort et son boulot qui s'arrêtait, elle qui n'y avait jamais vraiment repensé avant, qui s'était laissé faire par les grands rouleaux de la vie, comme elle se les représentait (des plis et des replis d'eau qui l'enveloppaient et qui l'avaient menée où ils voulaient), elle avait été prise d'une violente nostalgie de ces paysages.

Brusquement rendue à elle-même, par son veuvage comme par l'inactivité, elle s'était aperçue qu'elle-même, c'était une maisonnette avec des champs devant, et la lente et infatigable rumination des vaches, et les grands ciels dans lesquels les nuages circulent comme des floches de coton poussées par le vent.

Comme Vanda ne trouve jamais le temps de venir la voir, c'est elle qui a pris le train, et les voilà toutes les deux assises sur ce même canapé où elles ont si souvent parlé, chacune dans son tablier, à l'époque, quand Estelle venait prendre le café sans se changer. Elle le connaît bien, ce décor, le tableau de jeux de clés, le calendrier punaisé juste au-dessus, la table à manger toujours recouverte d'une toile cirée à motifs de roses des vents (si j'écris de roses des vents, je peux bien vous le confier, c'est parce qu'il y en avait une comme ça dans mon enfance, combien de temps j'ai passé à la contempler, et qu'est-ce qui m'attirait tellement, est-ce que c'était l'énigme de ce nom, roses des vents, ou la beauté trouble de cette figure en étoile, ou encore ce qu'elle engendrait de fantômes de romans maritimes, l'imagination de la pleine mer, infinie, rebelle, dangereuse, pleine de périls, d'épopées, de drames, la mer à gros bouillons tumultueux, ou des mers étales aussi, le navire encalminé, ça arrivait – ce mot-là, encalminé, appris dans ces romans –, et la présence mystérieuse et virile d'un capitaine qui devait tenir dans ses mains la roue acajou du gouvernail aux poignées joliment galbées avec devant lui la proue qui fend l'eau et ondule dans le soulèvement des vagues – ah, on a vite fait de se retrouver dans l'enfance, mais revenons à Estelle et Vanda). Une toile cirée à roses des vents, donc, et sur le meuble télévision bien briqué, posés sur des napperons, trois cadres en laiton dans lesquels Tiago (à gauche) et Manoel (à droite), ses deux grands gaillards de fils, entourent Alberto (leur père, bien entendu).

Quelles sont les nouvelles d'Alberto, demande justement Estelle, un sujet d'importance, le mari de Vanda, qui a travaillé trente ans ici pour une entreprise de maçonnerie et puis, quand on a trouvé qu'il s'essoufflait un peu vite, qu'il n'était plus l'Alberto d'antan, auquel on a dit merci bien, ça ira comme ça. Alberto, alors, au début, à tourner en rond dans la loge, à se ronger les sangs, à fulminer, à alterner colère et tristesse. Aucun de ces deux états n'était enviable, non, et c'est pourquoi il est retourné attendre Vanda au village, dans la maison qu'il avait construite de ses mains pour leur retraite, à chaque retour, pendant les vacances, dans les étés ruisselants. Parpaing après parpaing, et puis le crépi à la truelle, et les carrelages, quelques azulejos sortis de l'usine, soigneusement jointés, qui à présent décorent les murs extérieurs en un genre de frise. Il avait fait ça cigarette au bec (il fumait encore, à l'époque), concentré et soigneux, avec le jeune voisin qui lui donnait un coup de main. Le voisin qui sera là en cas de coup dur, a expliqué Alberto à Vanda, et que dans cette maison là-bas il y avait encore des bricoles à faire, des subtilités dans l'électricité, et puis que, tu vois bien, se tourner les pouces dans la loge, franchement, il n'y arrivait plus.

Ça lui fait beaucoup de bien, à Vanda, de parler d'Alberto à Estelle, c'est un tout petit peu comme s'il était là, comme si elles le faisaient apparaître dans la loge, comme si leurs phrases en recomposaient le fragile fantôme, l'hologramme discret.

Alors elles travaillent à ça, Estelle et Vanda, et aussi à essayer d'oublier la différence qui s'est immiscée entre elles, autrefois deux collègues et amies prises dans la même scansion des journées, tandis qu'à présent Estelle doit faire avec cette liberté inédite que ça vous donne, la retraite, quand on a le poids de sa vie derrière soi et qu'il faut improviser les heures. Elles sont assises sur ce canapé comme chacune au bord de ce fossé récent brusquement creusé entre elles, et leur amitié, s'efforçant d'apprivoiser cette différence, commence de construire au-dessus de cette faille un pont de cordelette qui ballotte doucement.

Elles en sont à siroter un petit alcool de verveine de derrière les fagots qu'Estelle a apporté (Tu vas me goûter ça, a-t-elle annoncé triomphalement en sortant la bouteille de son sac) quand, écoutez, une tripotée de carillons, qu'est-ce que c'est, le téléphone de Vanda qui sonne, ah, c'est Manoel, excuse-moi, je prends.

⋆

Et c'est comme ça qu'on en vient à humer les vapeurs humides du Douro (ah, les voyages que ça permet, la lecture, cette liberté de circulation inouïe qui fait qu'en une seconde vous passez d'un lieu à un autre – et est-ce que ce n'est pas merveille, quand des voyages, justement, on a longtemps été privés ?). Sur le quai, le fils de Vanda, le portable coincé entre son oreille et le creux de son épaule, vient d'allumer une cigarette qu'il ôte de sa bouche quand sa mère décroche, *Como vão as coisas, Mamãe*, Comment ça va, Maman.

Leur conversation se noue, pendant laquelle Manoel machinalement fait les cent pas, apportant sa modeste contribution à l'érosion des dalles du quai, blanches, inégales, déjà usées par des générations. Un Rabelo remonte le fleuve avec sa petite cargaison de touristes, dont certains, hilares sous les fanions, lui font signe (les touristes sont comme ça). Une de ces barques autrefois dédiées au transport des barriques, vous savez, aujourd'hui dotées d'un moteur, et dont l'œil de Manoel suit la silhouette élégante et typique qui fend calmement l'eau.

On pourrait passer des heures à le regarder, ce Douro, à contempler les bateaux qui s'y croisent, l'animation que c'est, et en face, sur l'autre rive, les collines, souvent à peine estompées par une brume infiniment légère, dans un rendu très doux ; et puis le téléphérique dans lequel des silhouettes minuscules se laissent porter dans le contre-jour – chacune avec son histoire, et chacune avec sa raison d'être là, ce matin, sur cette rive.

Vanda est en train de dire à son fils qu'Estelle est arrivée, Je ne vais pas te retenir alors, répond-il, comme si le fils avait l'habitude de parler longuement au téléphone, alors que pas du tout, ce sont chaque fois quelques phrases courtes plus ou moins bien accrochées à celles de sa mère et puis voilà – ce qui compte, c'est qu'elle sache qu'il pense à elle. *Tudo bem, tudo bem*, conclut Manoel. Vanda lui a toujours parlé en portugais, il lui a toujours répondu dans cette langue, mais que fait-il sur cette rive lusitanienne ? Eh bien depuis deux ans lui aussi a quitté Paris pour s'installer à une soixantaine de kilomètres du village où ses parents se sont connus, et où il passait ses vacances enfant : ici, la vie est moins chère, le temps plus clément, il peut aller voir son père le week-end, et puis, tout à fait entre nous, il y a Ermelinda, au sujet de laquelle on n'en saura pas plus, *Adeus, Mamãe.*

Manoel range son téléphone dans la poche arrière de son pantalon, tire encore une bouffée sur sa cigarette puis, d'une chiquenaude, l'envoie valser sur le sol du quai, légèrement en pente, où le mégot dégringole en roulant sur lui-même.

*

Les objets font leur vie, notre mégot continue de dévaler la pente, autonome et sautillant, presque guilleret, dopé par sa liberté toute neuve, avant d'atterrir aux pieds de Basilio, lequel, hélas, au lieu de shooter dedans (désinvolte, genre je suis le roi de l'instant), l'écrase sous sa semelle, pauvre bichou. Et tandis qu'aplati, exsangue, ledit mégot agonise sur le sol du quai, voici Basilio qui tranquillement franchit le seuil d'un bar et s'installe au comptoir.

À l'intérieur règne une certaine obscurité – puisqu'on dit souvent ça de l'obscurité, qu'elle règne, un verbe un peu étrange, au vrai, pour parler de l'obscurité, qu'on voit mal une couronne sur la tête et un sceptre à la main. Mais ici ou là c'est tout de même bien commode de recourir à une expression toute faite, non seulement parce qu'elle est disponible, mais parce qu'elle nous rassemble, qu'on s'y reconnaît, dans un consensus plus ou moins tranquille. L'expression toute faite, même si on peut avoir envie d'y mettre le holà, de lui jeter la pierre, du genre pas de ça chez moi, est fédératrice, on y adhère, on la comprend, on a l'habitude de la manipuler comme de l'entendre.

L'obscurité en tout cas y prend beaucoup de place (disons-le comme ça), trouée seulement par les barres de néon (ou anciennement de néon et à présent de leds) suspendues au-dessus du comptoir et dont les photons très blancs ricochent sur l'acier des robinets à bière. Un clair-obscur, donc, qui remodèle le visage de Basilio, en accentue le relief, le révèle et le déforme à la fois, pommettes plus saillantes et zones plus ombrées, posant sur sa figure une touche expressionniste qui, sans être flatteuse, lui ajoute de l'intensité.

Augusto, le patron, a été pompier pendant deux ou trois ans. C'était à force d'en voir, des incendies qui se déclenchaient dans les terres alentour, avec les ciels qui s'ambrent jusqu'au-dessus de la ville où ils répandent leur odeur âcre et deviennent suffocants, où l'air épais, irrespirable et dense, vous brûle les bronches et vous enfonce bien ça dans la tête que plus loin, dans les collines, là où s'amoncellent les broussailles, c'est la fournaise, et la destruction des paysages. Et au milieu de ça, avec les pins et les eucalyptus qui alimentent le brasier, des maisons qui brûlent, et dont ceux qui ont réussi à s'enfuir contemplent quelques jours plus tard la ruine vide et noircie, hébétés, en pensant à tout ce qu'elle a contenu. Tout ce qu'ils ont eu sous les yeux pendant toutes ces années, tous les objets, achetés ou reçus, avec lesquels ils n'ont cessé d'interagir, les prenant, les manipulant, s'y asseyant ou y allongeant leur corps, et qui se sont volatilisés, comme le temps même pendant lequel ils y ont vécu et qui soudain paraît lui aussi pulvérisé, comme si avec la maison c'était sa propre existence, sa propre histoire, qui était partie en fumée.

Il y en avait aussi parfois qui n'avaient pas pu s'enfuir. Qui avaient essayé, et puis dont la voiture avait été prise dans les flammes. Qu'on avait retrouvés carbonisés. Il y avait eu la mère de cette amie aussi, qui dormait d'un sommeil léger pourtant, mais qui n'avait pas pu sortir de sa maison. Une amie qu'il avait accompagnée, hagarde, à l'enterrement, et qui n'en pouvait plus d'imaginer le corps de sa mère démuni dans sa chambre, vite gagné par les flammes, sa mère en train d'être brûlée vive.

Alors Augusto avait fini par s'engager. Il avait suivi sa formation, reçu son insigne, mais la vie de pompier, ça n'était pas du tout ce qu'il avait imaginé. Ça n'était pas vraiment le camion énorme qui sur son châssis 4 × 4 roule à toute berzingue vers le site d'incendie, avec les pneus qui crissent au risque de vous retourner le brimbalant véhicule, avec la sirène à vous trouer les tympans, et puis les tuyaux qu'on déroule, les lances à eau qu'on dirige bravement vers les flammes, bien harnaché dans sa tenue, le visage protégé, le corps immergé dans toute cette chaleur toxique mais avec le sentiment d'être utile enfin, dans un combat épique, déroutant et intense, contre le monstre. Le plus souvent, c'étaient les malades à transporter, les blessés, les accidentés de la route, avec tout ce sang qu'il y avait. Des chairs souffrantes, mutilées, difficiles à voir. C'était la confrontation constante à l'inacceptable et bouleversante fragilité de nos corps. Et on avait beau être costaud, tout ça, c'était à hurler.

Il l'avait mal supporté, Augusto, et il avait démissionné pour monter son bar dans un local pas bien grand, mais où il a ses habitués.

Basilio commande un sandwich (une tranche de fromage de brebis dans un de ces croissants légèrement briochés comme on les fait là-bas, oh, rien que d'y penser…) et il lève la tête vers l'écran placé derrière le comptoir, où, regardons avec lui, eh bien mais ça m'a tout l'air d'une compétition de patinage artistique. On se laisse entraîner par la joliesse gentiment kitsch de l'affaire, les couples qui glissent comme ça, main dans la main, le petit côté couverture de roman Harlequin que ça a toujours, les portés, les levées, tours jetés et sauts de trois, les accolades, contre-accolades et voltes, les chassés et les roulés, les fentes cambrées et les arabesques, tout ça dans des bottines lacées, avec la jupette de la jeune femme qui volette comme un papillon tremblant, qui se soulève et puis retombe contre ses cuisses.

Augusto, qui essuie les chopes en y jetant parfois un œil, ça le rend vite mélancolique, ces duos idylliques. Il marmonne, dégomme, critique, et puis il donne un coup de zapette, voyons voir, et sur l'écran maintenant s'agite un journaliste debout face caméra dans une rue de Tokyo devant la vitrine d'une salle de pachinko dans laquelle il invite les téléspectateurs (c'est-à-dire en réalité son caméraman) à entrer.

*

Aussitôt à l'intérieur, le vacarme vous assaille. C'est une débauche de tintements, une furie de cliquetis, de dégringolades métalliques, un charabia de sonneries, ma parole, de notes de musique, de voix enregistrées, une saturation d'ondes sonores très embrouillées, qui ligotent chacun à son siège. Et la lumière, mes amis, des clignotements permanents, relayés par chaque machine, démultipliés, la lumière, oui, qui s'y met aussi pour vous conditionner tout ce petit monde.

Le pachinko, vous connaissez?

Oh, sinon, ça n'est pas bien compliqué, vous introduisez vos billes, voilà, vous les lancez avec la manette (ou vous appuyez sur le bouton, selon le type de machine auquel vous avez affaire) et vous les regardez dégringoler, paf paf paf, super-vite, en croisant fort les doigts pour qu'il y en ait un maximum à tomber dans les trous. Les vannes s'ouvrent, se referment, les billes glissent, passent, échappent, tombent, ça circule à toute vitesse sous les yeux inquiets des joueurs, anxieux et à la fois désabusés, fébriles et pourtant flegmatiques, tous à se composer des *poker faces* devant les vitres derrière lesquelles toute cette agitation a lieu qui pour eux signifie tant.

Notre caméraman panote sur les joueurs assis sur des tabourets tandis que le journaliste continue son commentaire et parfois introduit un micro dans le champ, d'abord vers le responsable du lieu qui y jette deux trois mots d'anglais, *Yes, most of the people here are regular players*, que le journaliste aussitôt traduit, C'est ça, ici, ce ne sont pratiquement que des habitués, empruntant pour l'occasion une diction pressée, vaguement haletante, et un ton au-dessus de sa voix coutumière, comme s'il y avait une sorte d'urgence à nous parler de tout ça.

Parmi les joueurs, voici Yoshiro (*My name is Yoshiro*), qui accepte de dire une ou deux phrases dans le micro, *No, not often, usually I don't come here* (lui, par contre, nous explique le journaliste, c'est un joueur occasionnel), tandis que son voisin tourne ostensiblement le dos à la caméra, apparemment absorbé par sa console, dont il actionne la manette en essayant d'ignorer la présence du reporter et de son opérateur.

Il faut dire qu'il n'a pas trop intérêt à se montrer, Natsuo (gardez bien son prénom pour vous). Et dans son cœur, il n'y a pas que le vague désir de gagner, mais aussi et surtout le besoin de tournis, l'envie de se laisser faire par tout ça, la musique à fond la caisse, le spectacle halluciné de la chute incessante des billes frétillantes et bornées (que leur flot lave toutes ses pensées, c'est ce qu'il leur demande, qu'il en occupe progressivement la place), à cause de ce remords qu'il essaye de diluer dans l'acide des lumières aveuglantes et la folie furieuse de ces billes, dont la course agitée l'hypnotise. Tout autour de lui, il sent les autres clients engoncés dans le même genre de solitude, à la fois fédérés dans cette coprésence où les corps s'alignent et se côtoient, et chacun pour soi, chacun rivé à sa machine, chacun concentré sur le trajet des billes qui cavalcadent et qui dans leur bruyant désordre véhiculent des espoirs très simples, univoques, qui vous aimantent commodément. Des espoirs qui d'un coup tiennent lieu de tous les autres espoirs bien plus intimes, bien plus déchirants, au comblement plus qu'incertain. Et c'est bien à ça que ça sert, le pachinko, à se tenir soudain tout entier dans cet espoir simple que les billes tombent dans les trous ; et parfois, oui, de petites victoires, parfois pratiquer l'espoir et le voir gratifié.

Kenshiro, le héros de manga aux sept cicatrices, montre ici ou là ses biceps et son air décidé sur les tabliers des consoles, comme si à tout ça il y avait vraiment de l'aventure, vraiment de l'action, comme si c'était là l'épopée des billes et je ne sais quoi encore dont vous seriez le héros, instigateur de leur périple haletant, grand capitaine de tout ça, guerrier féroce, habile stratège. Comme si, oui, le pachinko devenait un art martial où vous étiez à combattre et à exceller. La vérité, bien entendu, est tout autre ; mais qui ici se soucie de la vérité ?

Natsuo se ronge un ongle, parce que le réel, quoi qu'on dise, finit toujours par avoir le dessus, et que dans sa tête c'est un sacré bourbier. Si le journaliste savait, il lui sauterait dessus, trop content d'avoir trouvé la pépite, car Natsuo, qui a bien pris garde à ce que la caméra ne cadre jamais son visage, fait partie de ce qu'on appelle ici les « évaporés ». Vous savez peut-être ce que c'est, ces gens, au Japon, qui d'un coup disparaissent, qui vont vivre ailleurs, sous une autre identité. Natsuo, pour une raison ou une autre, dette ou quoi, ou son travail qu'il avait perdu, c'est ça, et la honte, l'impossibilité de l'annoncer, un soir a rôdé en bas de son immeuble sans trouver le courage de monter. Bientôt marchant dans Kyoto, au hasard, sans bien savoir ce qu'il était en train de faire, il a pensé qu'il ne lui restait plus que ça, partir, s'effacer de la vie de ses proches, pour ne pas avoir à prononcer la phrase, pour ne pas s'humilier, ne pas subir leur regard gêné, inquiet, presque hostile, ne pas affronter leur anxiété et ce reproche jamais loin dans leur esprit, cette opinion pas très valorisante qu'il semblait à Natsuo que les autres avaient de lui et à laquelle à force il avait fini par adhérer (on est si poreux parfois, de vraies éponges), l'idée qu'ils devaient se faire de lui comme d'un homme insuffisant, et à laquelle la sanction de l'employeur apportait comme une confirmation implacable. Partir, donc, et même pas assez d'argent pour recourir à une agence d'évaporation, il s'est bricolé son petit départ tout seul, pas de camion pour l'attendre dans la nuit, pas de faux papiers tout prêts, pas de parfum d'aventure, non, juste un petit départ bien misérable, bien solitaire, aigre et nu, où peinaient à s'infiltrer les frissons heureux de la fugue, le sentiment d'habitude exaltant de se réinventer.

Depuis, c'est Tokyo (rien de mieux que les foules pour se cacher), ce prénom de Tadao qu'il s'est donné, les petits boulots, et puis le pachinko, donc, pour tenter d'anéantir toute idée un peu chagrine, tout regret, tout souvenir même, pour que tous ces grelots, crépitements et autres dissonances les écrasent comme les bavettes d'une dameuse.

Des heures qu'il est assis là, avec le corps qui s'ankylose, sortons prendre l'air. Natsuo convertit ses billes en plaques et pousse la porte sur le dehors. Il s'engouffre dans une ruelle pour échanger hors champ ses plaques contre de l'argent (motus, tout ça est plus ou moins clandestin), puis marche un peu.

*

Il y a du monde, beaucoup, ça dépersonnalise, Natsuo se sent porté par le flot, brindille, herbe flottante, pas beaucoup plus.

Ses pas le conduisent presque naturellement vers le gros chien de bronze, autour duquel quelques groupes se sont formés. Des jeunes gens confrontés à l'immensité vaguement abyssale de leur avenir discutent, clopent, rient, boivent, distillant leurs angoisses dans la fumée, l'alcool et les conversations, tout ça sous la houlette de Hachikô, ce brave toutou statufié qui paraît-il allait tous les jours attendre son maître à la gare, y compris, si ça ne tire pas une larme, après la mort dudit, inutile et ponctuel, pendant des années, à espérer encore le voir surgir. Et ça lui tombe d'un coup sur le crâne, Natsuo, l'idée des départs, et de tout ce qu'on laisse.

Il pense à sa mère, restée à Kyoto, sa mère à laquelle il n'est pas allé dire au revoir, sa mère qui doit se faire bien du mouron, et qui ne méritait pas ça, non, quelle mère le mériterait.

À cette heure, elle doit dormir. Or ce qui se passe, au Japon, ce qui est beau, c'est que quand on rêve de quelqu'un, ce n'est pas parce qu'on pense à lui ou à elle, pas parce qu'il ou elle nous manque ou nous occupe (ni même votre inconscient, qu'est-ce que vous allez chercher), mais parce qu'on lui manque, parce que lui ou elle pense à vous. C'est cette personne qui, à force de penser à vous, entre dans votre rêve.

Alors c'est ce qu'il fait, Natsuo, tout doucement, pfluit, il se faufile dans le rêve de sa mère.

*

Elle est bien contente, la mère de Natsuo, qui était en train de rêver à on ne sait quoi, de voir apparaître soudain dans son sommeil, mais oui, c'est ça, la silhouette de son fils.

Dans le rêve, voici qu'il lui apporte une plante verte, elle se demande où la mettre, mais elle n'a pas le temps de dire ouf que la plante se transforme en une jeune femme habillée de vert que son fils tient par la main.

Maman, je te présente quelqu'un, lui dit Natsuo ; mais elle, sa mère, s'il y a beaucoup de choses qu'elle ignore à propos de l'évaporation de son fils, elle sait très bien que s'il est parti ce n'est pas pour une femme. Alors elle n'accorde pas beaucoup d'importance à cette jeune fille en vert, même si le vert de la jeune fille occupe de plus en plus de place. Tellement de place que la mère se retrouve avec son fils dans un champ de wasabi. Il y a tout ce vert autour d'eux mais plus aucune jeune fille, non, seulement les plants vivaces, à perte de vue, parmi lesquels ils naviguent. Et la mère de Natsuo est si heureuse de se promener en barque en tête-à-tête avec son fils qu'elle en ronfle d'aise. Elle ronfle, oui, de bon cœur, bien plus fort que d'habitude, avec plus d'ampleur, de bons gros ronflements satisfaits, nourris, replets.

*

Ces ronflements, amples, exultants, traversent inévitablement la cloison pour entrer, triomphants, en force et sans vergogne, dans les oreilles du voisin, lequel était à lire sur son lit, son chien Roméo confortablement installé à ses pieds.

Personnellement, les ronflements ne me gênent pas, ils m'encouragent même à dormir, je trouve qu'ils donnent l'exemple : leur enthousiasme bon enfant est une publicité spontanée pour les bienfaits du sommeil, dont ils ont l'air de vanter la plénitude béate, et je me sens plutôt bien dans leurs volutes affirmées et tranquilles.

Mais ce n'est pas l'avis de Yasu, qui peste un peu en lui-même puis finit par se relever et se dirige vers sa cuisine, l'infatigable Roméo trottant à son côté.

Alors, Roméo, toujours à la colle, constate Yasu en jetant un œil à Roméo, lequel, imperturbable, fait comme s'il n'avait pas entendu. C'est un bouledogue dit français, au poil noir et brillant, au petit corps boulot, bréviligne, donc, si on vous demande, et plutôt bonne pâte.

Yasu ouvre la porte du réfrigérateur dans l'antre soudain éclairé duquel apparaissent diverses denrées alimentaires aux paquets couverts de kanji, hiragana et autres katakana qui m'en rendent parfois l'identification difficile, parmi quoi, dans le bac de la porte, cette fois bien reconnaissables, quelques bouteilles de bière qui dans le mouvement se mettent à dansoter en un cliquètement séduisant. Voilà ce qu'il lui faut. La bouteille est fraîche dans la main de Yasu, un peu humide, il la décapsule, boit directement au goulot. Roméo, l'œil attentif, suit chacun de ses gestes comme s'il allait devoir les écrire.

Yasu s'approche de la fenêtre, fait coulisser le voilage, et apparaissent, derrière la vitre, les immeubles d'en face. Les appartements sont éteints, pour la plupart, on ne sait pas si leurs habitants en sont absents ou endormis.

Yasu laisse quelques pensées légères, fugaces, presque inconsistantes, traverser ce moment avec assez de grâce. Et Roméo se concentre sur la chaleur qui se dégage du corps de son maître, sur son odeur unique, qu'il reconnaît entre toutes, se sentant là où il doit être, absolument. Il y a là quelque chose de très calme, de presque suspendu, et ils restent un moment tous les deux, l'homme et le chien, côte à côte, à regarder ensemble la grande page bleu marine de la nuit kyotoïte.

En bas, la rue est déserte, pas un chat on dirait. Et puis si, la silhouette d'un jeune homme, qui surgit sur la gauche, un jeune homme au pas lent, qui s'apprête à tourner au coin de la rue.

Am stram gram, est-ce qu'on reste avec Yasu ou est-ce qu'on suit ce jeune homme, pic et pic et colégram, votre doigt sautille de l'un à l'autre, vite, bour et bour et ratatam, Yasu qui à cet instant doit penser au livre qui l'attend sur le couvre-lit, ou peut-être au roman qu'il voudrait écrire, am stram gram, et le jeune homme à quel chagrin qui l'obnubile, pic, dam, votre doigt tombe sur Yasu.

Mais comme le roi et la reine ne le veulent pas, ça ne sera pas toi.

Reste notre jeune homme, on s'enfonce avec lui dans la nuit.

*

Ah, quels petits froissements d'âme, dans le cœur d'un jeune homme, quelles incertitudes (camouflées parfois par quelques slogans bien scotchés sur ses failles et qu'il profère à qui veut bien les entendre), quelles hésitations, quelle montagne de peurs, et à propos de l'amour quel dédain (l'amour, merci bien), et quel fol abîme pourtant, quels regrets précoces, quel sentiment étrange aussi d'avoir déjà tout vécu, quel regard blasé, quand on est si neuf, en vérité : enfin vous savez comme c'est, la jeunesse, et Kazuo, car ce jeune homme s'appelle Kazuo, dans tout ce marasme que c'est, le cœur d'un jeune homme, remue une pensée plus particulière, celle de Miyuki.

Miyuki, la bafouée, lui reprochait-elle, Miyuki qui avait l'air de penser qu'aimer quelqu'un c'est ne coucher qu'avec lui ou qu'avec elle (Kazuo ne sait pas où elle a vu jouer ça), Miyuki à laquelle, oui, il a beaucoup menti, mais dont il ne pouvait pas accepter cet amour exclusif qu'elle réclamait et qui devait ressembler à l'idée qu'elle se faisait de celui de ses parents (alors que, songeait Kazuo). Ce petit couple tranquille qu'elle voulait former avec lui et dont il était incapable, et d'autant plus incapable peut-être qu'elle le lui demandait (allez savoir les processus qui agissent un être), qu'elle lui mettait tout le temps ça sous les yeux, cette image à son avis idéale et qui chaque fois, sans même qu'il puisse s'expliquer pourquoi, le faisait fuir. Miyuki qu'il trompait, comme elle disait, mais qui pour lui était pourtant comme un centre, Miyuki qui lui était nécessaire (sauf que ça lui aurait arraché la bouche de le lui dire), cette même Miyuki qui un jour n'a plus voulu de toutes ces heures à pleurer, de ces odeurs d'autres sur lui, et qui a laissé les messages de Kazuo buter contre son répondeur, ses textos et ses mails se faire avaler par l'option indésirables, ses poings cogner inutilement contre sa porte.

Blessée, meurtrie, elle a déménagé pour Takayama (est-ce qu'elle a choisi au hasard ou est-ce que quelqu'un lui en avait parlé), allant étudier là-bas, pourquoi pas, ça me changera, a-t-elle pensé, espérant que les érables du parc Shiroyama et les rives de la Miyagawa dilueraient le souvenir de Kazuo, que changer de paysages ce serait changer l'intérieur de soi. Et comptant aussi sur les étals distrayants du marché, où les touristes se bousculent un peu mais où, si on oublie ce bémol, il y a les grands dièses joyeux des légumes frais, des légumes séchés et des marinades, et où on peut laisser les haricots et les kabochas ricocher sur ses rétines, les misos en sachets, les couleurs orangées des kakis, vertes des jujubes, les pâles noix de ginkgo.

Kazuo remue l'absence de Miyuki, c'est comme une lame qui racle son cœur, une boule de feu dans son estomac.

Miyuki, Miyuki, se lamente Kazuo, éperdu, et il y pense si fort que je me demande si, malgré tous les kilomètres qui les séparent, on ne peut pas tenter l'expérience de la transmission de pensée pour rejoindre Miyuki.

Je ne vous cache pas que l'entreprise est un tantinet périlleuse. C'est un moyen de transport fragile, le moindre centième de seconde d'inattention et paf ça se rompt : à tout instant, ça peut se déconnecter, et alors on ne sait pas où on tomberait, ouh là là, on pourrait se retrouver n'importe où, dans la neige du mont Fuji par exemple, par des – 4° et dans un endroit tout à fait désert, éberlués, avec peut-être une jambe cassée, ou les deux, ne me parlez pas de malheur.

Allez, on risque le coup, mais accrochez-vous bien. On se tient fermement à la petite pensée de Kazuo, à sa supplique (Reviens, oh, reviens), qui quitte ainsi la rue où il marche, pour nous élever dans la nuit de Kyoto, direction Takayama.

*

Le ciel est calme, on avance à la vitesse de la lumière, bien agrippés au mot *Reviens* qui fend la nuit, les bras autour du *i*, et les jambes aussi, ou les mains suspendues à la barre horizontale de l'un des deux *e* et les pieds qui balancent dans le vide, ou encore assis dans le creux du *v* comme dans un siège baquet, vlouf, et toutes les foires du Trône peuvent aller se rhabiller, les trains fantômes, les montagnes russes, question frissons on est en plein dedans, on a les chocottes comme jamais.

En tellement tellement tellement moins de temps qu'il n'en faut pour le dire (mais tellement moins que c'en est étourdissant), on a traversé montagnes et rizières, survolé rivières et champs de wasabi ; et paf, l'arrivée est brutale, on atterrit dans le cerveau de Miyuki, qui d'un coup se demande si elle ne pourrait pas tout de même renouer avec Kazuo, sans bien savoir d'où lui vient cette idée.

Renouer, mais comment est-ce que je peux penser ça (elle se reprend aussitôt), elle s'en veut, se querelle, croyant que la pensée vient d'elle, et dans tous les cas la repousse comme elle peut dans la jolie petite nuit de Takayama.

On s'ébroue, on a un peu le tournis, on descend précautionneusement de cette pensée et, invisibles comme on sait l'être, on regarde Miyuki qui passe un doigt distrait sur le bois rugueux de la rambarde, car à cette heure elle s'est arrêtée sur un petit pont de bois auquel elle s'est accoudée et d'où elle contemple les carpes (et pourquoi non). Leurs corps rapides, souples, circulent là-dedans (tiens, une là, et là, là aussi), glissent sous vous, sauvages, vifs, et les voir se tortiller dans l'onde, ça détend.

Et elle en a besoin, parce que ce qu'elle n'avait pas suffisamment anticipé, c'est que partout le visage de Kazuo se déploie, translucide, comme un tulle peint tendu devant toutes les échoppes, tous les jardins, toutes les forêts. Partout le visage de Kazuo flotte, son corps, sa silhouette, le souvenir de ses bras, tandis qu'inconscients de sa présence floue des clients se penchent vers les étals, des promeneurs déambulent entre les arbres du parc, et de même pour ceux qui là-haut vont admirer la vue depuis le château.

Non, lutte Miyuki, avec sa frange noire qui lui mange le front, son manteau framboise, ses paumes prises dans des mitaines beiges, et dans le cœur, décidément, ce chagrin tout aigre, Je ne veux pas replonger dans tout ça, et on la sent un peu perdue, qui bataille contre la demande muette de Kazuo puis qui la laisse se dissiper dans l'air au-dessus du petit pont où elle s'en va voltiger comme un grain de pollen, tandis que sous nos pieds nagent toujours les créatures piscides qui suivent leurs propres préoccupations dans l'eau noire.

Est-ce que c'est bien malin, quand on a un chagrin d'amour, de s'arrêter sur un petit pont de bois pour regarder les poissons, est-ce que ça n'augmente pas la mélancolie ? C'est possible, mais il faut prendre le temps de sa tristesse aussi, se dit Miyuki ; et, le coude négligemment appuyé sur la rambarde, elle baisse les yeux vers les êtres irisés qui ondulent dans le flot et qui filent, oui, comme file la rivière – et, vous alliez le dire, le temps aussi, qui (c'est son avantage) cautérise cette sorte-là de chagrin, comptons sur lui.

En attendant qu'il ait rempli son office, il faut bien faire avec ce creux en soi, cette absence comme si c'était dans le corps même, cette sensation d'un vide à l'intérieur. Miyuki respire l'air de la nuit, sous la lune blanche qui ce soir ne montre qu'une moitié d'elle-même, comme si elle aussi avait perdu l'autre.

Sœur bizarre, se dit Miyuki ; et elle songe à tout ça, sous cette lune qui profite de chaque lac, de chaque mare, pour se reproduire (la lune, à tire-larigot dans les plans d'eau), distribuant partout ses sosies miniatures, se démultipliant dans la nuit nippone, et ici se disputant une place au milieu des carpes où la crêpe blanche et repliée de son reflet ondule un peu dans le bruissement des joncs.

Et il y a les étoiles aussi, n'oublions pas les étoiles, dont l'éclat parfois met tant de temps à nous parvenir qu'il paraît qu'au moment où on les regarde certaines ne sont déjà plus là. Une pensée qui achève de mettre le cœur en vrac, il faudrait peut-être plutôt songer à rentrer.

*

Sayonara les poissons, lance Miyuki aux créatures ondulantes, qui ne lui répondent pas, non, qui continuent à vaquer, ornementales et tranquilles, bienveillantes et placides ; et elle reprend le chemin de son appartement.

Mais voici un touriste égaré dans la nuit qui lui demande la direction de son hôtel, *Takayama Green Hotel, please ?* Miyuki convoque la mémoire de son anglais, qu'elle appuie sur la béquille de grands gestes, et on pourrait imaginer que dans l'énergie qu'elle y met elle expulse un postillon (oh, mais ravissant), microscopique bille translucide, tout recroquevillé sur lui-même et pas trop fiérot, qui s'affole, oh là là où est-ce que je vais tomber, avisant le goudron contre lequel il n'aimerait pas trop s'écraser, mais ouf, c'est sur le tissu souple, accueillant, du pull du touriste qu'il se réceptionnerait, comme sur ces toiles que les pompiers tendent au-dessous de vous quand il faut sauter. Un mélange d'alpaga et de polyamide sur lequel il atterrirait en douceur et dont il commencerait d'imprégner la trame. Ou bien même pas un postillon (pauvre Miyuki), mais disons un aérosol, puisqu'on a appris à manier le terme, et qui s'échappant de sa bouche entrerait ni vu ni connu dans la narine de l'autre.

Sauf que tout ça ne serait pas très gai, vu tout ce qu'on a vécu, tout ce qu'il a fallu vivre. Je voulais plonger avec vous dans la fantaisie, et je me rends soudain compte que cette idée-là du relais, au départ purement ludique, et qui nous permet d'aller joyeusement d'un personnage à l'autre de manière fluide et libre, quand de liberté et de possibilités de voyages justement on manquait, finalement la reflète et l'illustre bizarrement, cette épidémie, puisque cette farandole, cette chaîne étrange, aussi bien aurait pu être enclenchée par une seule particule virale qui aurait été de l'un à l'autre en un parcours macabre et délétère.

Oublions l'aérosol, donc, et laissons notre touriste en plan, d'autant que j'ai besoin qu'on aille jusqu'à l'appartement de Miyuki, vous allez voir pourquoi.

C'est un deux-pièces que notre jeune femme partage avec June, une étudiante américaine. June, je vous rencarde le temps que Miyuki arrive chez elle, est née dans le Colorado. Elle vient de Denver pour un semestre, car l'université de Denver, je vous l'apprends sans doute, est jumelée à celle de Takayama.

Au moment où Miyuki entre dans le salon, ladite June (ne vous attachez pas trop, il va falloir qu'on reprenne rapido presto notre périple) est en train d'enclencher une visioconférence avec un professeur de Boulder (université sise itou dans le Colorado) qui a été son enseignant et auquel elle voudrait demander des conseils de lecture. Elle met son casque, on clique sur accepter, pour la caméra, puis, vite, vite, vite, sur le mode plein écran, et voici que s'y encadre le visage de Warren, assis dans son petit bureau bourré de livres.

⋆

C'est une pièce sans fenêtre, un genre d'alcôve, dont les murs sont tapissés d'étagères bien pleines. Disponible, bienveillant, Warren cite quelques titres qui lui paraissent importants, explique chaque fois pourquoi, je n'entre pas dans les détails. Il souhaite bon travail à June, puis clôt la visioconférence.

Ici, c'est le matin tôt. Par la porte ouverte de son bureau, Warren aperçoit un bout de la baie vitrée devant laquelle Oscar et Sheba dorment, l'un sur le tapis, l'autre dans son panier. La scène est familière et douce, et dans cette minute où on ne pense à rien d'autre, la vie va bien.

Une eau gazeuse bien fraîche ne gâterait rien à l'affaire, pense notre homme, et il se lève pour se rendre dans la cuisine (américaine, bien sûr) où il attrape une canette dans le réfrigérateur tandis que dans l'encadrement en scope qui le sépare de la salle à manger (une cuisine américaine, on vous dit) on aperçoit Marie, assise à la table, le cheveu un peu en bataille, au-dessus d'un journal.

Warren la rejoint, Alors, ces mots croisés, tu t'en sors, Marie répond par une moue doublée d'un soupir, rêveuse, encore à demi endormie, fatiguée de sa petite nuit, un mug de café posé à côté d'elle. Il faut dire que le sommeil n'est pas généreux avec Marie, à la moindre occasion il s'échappe, toujours un peu avant l'aube, hop, il prend la poudre d'escampette, et même en pleine nuit il fait souvent le difficile.

Warren (qui lui aussi s'y connaît en insomnies) fait coulisser la baie vitrée, sa canette à la main, et au pétillement des bulles contre ses lèvres vient s'ajouter l'air du jardin, la fraîcheur qui monte du ruisseau, sur la gauche.

La maison des oiseaux, suspendue à sa branche, paraît vide à cette heure. Dans la mangeoire, les graines profitent de ce répit avant de se faire dévorer par les becs enthousiastes auxquels on les destine. Elles se blottissent, groupées et silencieuses, en attendant leur sort.

Warren évalue la température du dehors, referme la vitre, revient vers Marie et lui pose une main sur l'épaule ; et ils restent quelques secondes comme ça, à se laisser seulement traverser par les ondes du matin, qui sont faites à la fois de l'engourdissement moelleux que procure le souvenir tout récent de la couette et de la sensation confuse, excitante et souvent sans contenu particulier, des promesses du jour au seuil duquel on se tient.

*

Mais c'est l'heure de leur tour matutinal avec les chiens, lesquels frétillent, réclament. Je vous les présente mieux : Oscar, l'œil vif et une sacrée paire d'oreilles, la robe sable à jabot blanc, un corgi, bravo, qui a toujours l'air de sourire, joyeux, attentif, d'excellente composition – Oscar, franchement, le genre qu'on aime tout de suite (Oscar, vous allez l'adorer). Et Sheba, bon, plus ingrate, difficile de se le cacher, un pauvre petit être hirsute trouvé dans la rue, le poil blanc toujours en broussaille, avec des touffes un peu collées comme si elle avait transpiré et entre lesquelles paraît sa peau rosâtre. Résultat du croisement de deux géniteurs mal identifiables (peut-être un chihuahua avec un bichon maltais ?), elle promène partout son allure absolument singulière, fantaisiste et innommable, et doit faire à chaque instant avec son complexe d'abandon, avec la mémoire tenace de la femme qui lui avait noué sur la tête ce ruban violet qu'elle portait quand on l'a découverte, et qui avait fini (parfois violente avec elle ? l'insultant à longueur de temps quand elle ne l'envoyait pas promener d'un coup de pied ?) par se débarrasser d'elle. Sheba a tiré de son expérience douloureuse un mélange de peur et d'agressivité qui ne rend pas toujours sa fréquentation aisée, surtout pour les inconnus – tenons-nous à carreau.

Et même si avec un brin de patience on peut faire ami-ami avec elle, avec un brin de distance aussi, parce qu'alors c'est elle qui vient vous chercher. Je vous parle d'expérience, car Sheba, de même que Warren et Marie, et que ce brave Oscar, existe (oui, ici ou là, j'en ai profité pour glisser quelques amis véritables, comme tout à l'heure aussi Yasu, comme plus tard Gilles : une manière de leur rendre hommage, et de vous les faire rencontrer, de créer comme ça entre nous une petite bulle de familiarité supplémentaire). Alors Sheba, je ne l'avais pas trop calculée, non, la pauvre, en la découvrant dans cette maison du Colorado où je revenais voir Warren et Marie, et très vite elle était venue se lover à mes pieds chaque fois que je lisais allongée sur le canapé du salon.

Allez, les chiens, on y va, annonce Marie de sa voix douce, et nos deux humains endossent une doudoune tandis que nos deux canins sortent en l'état (et quoiqu'on verrait bien Marie enfiler un manteau à Sheba, car avec sa peau à nu, on n'est jamais trop prudent).

Les toutous sautent dans le break, et voici qu'on roule entre les maisons basses. Défilent les façades à clins, qui déclinent leurs pastels délicatement variés comme si c'était là un nuancier, les habitations posées dans ce quadrillage impeccable des rues à l'orthogonale et agrémentées ici ou là d'une décoration de jardin. Oscar, posté derrière la vitre (les paysages, ah, les paysages), y regarde courir un écureuil, sautiller un coulicou à bec jaune, courir une gélinotte huppée, se dandiner un fuligule à dos blanc ou biner une femme en tablier, quand il ne surprend pas un raton laveur en goguette ou une biche moins timide que ses consœurs et qui s'est aventurée jusque-là.

Encore heureux quand ce n'est pas un ours, au pas lent et lourd. Car la chose arrive. Pas forcément doté de mauvaises intentions, l'ours, notez bien, mais assez susceptible pour se mettre en colère au moindre soupçon. Les habitants alors se camouflent dans leur maison et à travers les vitres de leur salon photographient l'intrus avec leur portable en attendant qu'il ait terminé son excursion.

Certains ours parviennent même à pénétrer à l'intérieur, et c'est comme ça que vous pouvez voir sur internet des vidéos de caméras de surveillance sur lesquelles tel ou tel ursidé, mû par la curiosité, monte, voyons voir, sur un canapé, vaguement étonné de la manière dont il s'y enfonce, ou s'intéresse à un piano, sur le clavier duquel, allons, il pose ses pattes, produisant alors un accord passablement cacophonique qui le force aussitôt à renoncer. La musique, doit alors se désoler notre intrus, ce n'est pas pour moi, et il erre encore un peu dans les pièces avec au cœur quelle insatisfaction qui pourrait vite se muer en colère s'il tombait sur vous qui possédez tout ça, cet intérieur cosy, au lieu des cavernes dans lesquelles il dort l'hiver, ce réfrigérateur plein et ce piano dont vous savez tirer des sons avec plus ou moins d'habileté et de sentiment mais toujours plus harmonieux que ceux qu'il vient d'émettre.

Ce matin, pas d'ours en vue dans les jardins, assez vite on bifurque sur la route qui mène au lac. Et là, mes amis, là, c'est splendeur et compagnie, horizons bleutés, chiffonnade de montagnes en contre-jour. Toute cette nature qui se met en quatre pour vous plaire, Oscar n'est pas insensible à ça, non, qui, toujours assis contre la vitre, laisse benoîtement pendre sa langue toute rose, la gueule ouverte sur un genre de sourire encore plus large que précédemment.

Et puis voilà, on descend de voiture. Tout est très calme, les joncs au bord de l'eau frissonnent à peine. Une haie d'arbres, dont certains, amoureusement penchés l'un vers l'autre, entrelacent leurs branches, découpe ici ou là des médaillons dans lesquels s'encadrent des montagnes claires.

Nos deux chiens s'en vont renifler les rives, Oscar du bout des pattes s'engage dans l'eau, le ciel au-dessus d'eux est vaste. Les matins, quand on s'aventure au-dehors, sont improbables et luxueux.

Warren et Marie le connaissent bien, ce paysage, mais la lumière chaque fois le transforme, la couleur du ciel, la façon dont il se reflète dans l'eau du lac qui entreprend plus ou moins fidèlement de le peindre, avec, bon, quelques ratés ici ou là dans la copie, des zones un poil brouillées sous le frisottis des vaguelettes, un dentelé maladroit dans le contour d'un nuage là-haut pourtant tout en courbes douces, mais dans l'ensemble la ressemblance laisse pantois.

Ils marchent le long du lac, et on prend l'air avec eux. C'est plaisant de s'imaginer ces terres vastes, la ligne ondulée des montagnes, cette frange d'arbres aux feuilles à peine bruissantes, ce reflet du ciel dans l'eau, ça ouvre quelque chose dans l'espace réel dans lequel on se trouve, ça crée comme un second espace plus grand, plus ample, et disponible, dans lequel on a tout de même un peu le sentiment de se promener.

Oh, l'espace préservé que c'est, un livre, dans lequel on peut évoluer à notre aise, sans masque ni gel, juste à y barboter gaiement, impunis et libres, tout en nous souvenant de nos heures, de nos joies et de nos peines, de ce qui nous constitue, de ce à quoi on tient, les sensations du monde.

Encore quelques enjambées, les narines se dilatent dans l'air humide, les poumons s'épanouissent, le regard se perd joyeusement dans l'immensité. Et puis *Come on you guys*, enjoignent Warren et Marie à Oscar et Sheba, allez les cocos, on retourne à la voiture.

*

On quitte ce décor lacustre, et tandis que Marie conduit, Je vais passer un coup de fil à Philip, dit Warren. Aussitôt dit, aussitôt fait, la sonnerie retentit dans la voiture de Philip, qui lui aussi est au volant. Il en est à un passage pas piqué des hannetons où la route, en tournant, en chevauche une autre (nous sommes à Portland), mais ne vous inquiétez pas, il a le kit mains libres. La voix de Warren s'engouffre dans l'habitacle, et je vous vois venir, vous vous préparez à bifurquer tout bonnement vers Philip, à rouler dans Portland et advienne que pourra. Mais pour cette fois, plutôt que de fausser brutalement compagnie à Warren et Marie (et à Oscar, qui à l'arrière continue à baver de joie, et à Sheba, qui remâche ses blessures anciennes), ce que je vous propose, c'est de rester en communication avec eux, parce que Boulder, je voudrais y revenir, *downtown* cette fois : il y a deux trois endroits que je voudrais vous y montrer. Alors surtout, on ne raccroche pas, on garde Warren au bout du fil, tandis que derrière le pare-brise de la petite Toyota noire de Philip glisse la ville, qu'on appelle parfois Bridgetown à cause de ses ponts si nombreux, lesquels enjambent la Willamette River sous l'œil du mont St. Helens, toujours dans un coin de l'image comme le mont Fuji sur les estampes, et qui vous surmonte tout ça en dressant dans le contre-jour des ciels sa silhouette fourbe.

Je dis fourbe, parce que ce mont bonasse, ou qui avait réussi à se faire passer pour tel, avec ses flancs placides où le week-end les habitants avaient pris l'habitude de pique-niquer, eux qui le reste de la semaine le regardaient depuis leurs fenêtres avec attendrissement et joie, ne voyant là qu'une promesse de loisirs, ce mont qui jusque-là s'était présenté comme vaguement protecteur, ornant la vue comme une sorte de sentinelle, rassurant à sa manière, familier et bonhomme, ce même mont, hélas, n'a rien trouvé de mieux que d'exploser un jour de printemps en coulées pyroclastiques qui ont arasé la forêt, charrié les troncs en un mikado géant, asséché les rivières et tué toutes sortes d'animaux ainsi que les quelques habitants qui avaient refusé de partir. Et puis, parmi les victimes, ces deux-là aussi qui travaillaient sur place, Johnston, volcanologue, alarmiste depuis les premiers symptômes, et Blackburn, photographe.

Aveuglé par sa folie meurtrière, le mont s'est décapité lui-même, s'automutilant dans sa colère. Si bien que ce matin où Philip conduit paisiblement, le volcan affiche contre le ciel gris sa forme amochée, amoindrie, comme un remords.

Comme un avertissement aussi, car, depuis, mieux vaut déguster chaque heure, voir dans le risque une nécessité accrue de ne pas passer à côté des choses. Et puis il faut parfois aussi essayer de l'oublier, ce risque (il vous use, sinon), s'enfoncer dans le temps indéterminé de toute existence. Certains ont opté pour la gymnastique méditative, comme la femme de Philip, qui justement (Comment va Rachel ? vient de demander Warren) est à son cours de yoga, répond Philip, en s'arrêtant à un feu.

Pendant que Rachel, suppose Warren, doit être en train de décliner les charmes du chien tête en bas, du poisson, du chameau, de l'aigle ou de la tortue, du tigre ou du papillon (tout un bestiaire, dites donc), Philip suit des yeux un homme qui emprunte le passage piéton, un certain Colter, qu'est-ce qu'il fait à cinquante kilomètres de là où il habite ? Mais Colter, ça ne vous dit sûrement rien, même flanqué de Harry Dean, qu'on voit débouler juste derrière, là pour vaquer à quelles affaires avant de retourner à Cannon Beach s'en jeter un au *Ulysses Bar*, où à cette heure Moses, le patron, doit être en train de faire un peu de ménage, mais sans forcer, voyez.

Colter, avec sa maison, je vous raconte, qu'un soir il a trouvée vide, femme et enfants partis sans un mot, lui qui avait fait tout ce qu'il pouvait, bon Dieu, pour retrouver un boulot, et puis quoi, les mandats d'expulsion, et la femme qui n'avait pas supporté que la réalité soit si éloignée de son rêve, la femme qui avait dû oublier que Colter était un homme, un individu, une personne, et qui l'avait zappé sans plus se soucier de lui. Colter n'a jamais compris comment une chose pareille était possible, comment on pouvait préférer son rêve, ou sa déception, à un être de chair et d'os qui vous avait donné sa chaleur nuit après nuit. La vie décidément est bien moche, en avait conclu Colter, qui ne se fie plus qu'à la bière, et à ses potes.

On voit ledit Colter monter côté passager dans la camionnette de Harry Dean, une camionnette pas de la première jeunesse. Le feu passe au vert, et la Toyota de Philip (le modèle ? une Scion 2500 TC) redémarre, bientôt suivie par Harry Dean qui s'apprête à raccompagner Colter dans sa studette du bord de l'océan.

Philip (Je vais chercher Rachel, est-il en train d'expliquer à Warren) jette un œil dans le rétroviseur intérieur, dans lequel la camionnette se réfléchit comme sur un écran format cinémascope. Sur la banquette avant, ils sont trois, regardez, en plus des deux hommes il y a une femme.

Wendy, c'est ça, la serveuse un peu acariâtre du *Blueberry Inn*, un peu austère, mais pour laquelle ils ont un genre d'affection, comme elle pour eux. Ils viennent souvent y manger, et Harry Dean plus souvent qu'à son tour, qui y prend la plupart de ses repas, parce que lui, il y a une chambre, au *Blueberry Inn*. Wendy, je vous mets au parfum pendant que Philip discute toujours avec Warren, avait commencé par être infirmière, si je me souviens bien (ou alors est-ce que je confonds). Cette même Wendy que sa mère avait bien prévenue contre les hommes, et qui s'était sentie plutôt d'accord, jusqu'au jour où l'arrivée d'un jeune homme avait semblé faire vaciller tout ça. Mais cette histoire avec ce fiancé imprévu, après avoir introduit du désordre, du suspense, de l'anxiété (même si de la joie aussi, de la surprise), quand il lui avait dit que non, finalement, il ne l'emmènerait pas dans cette autre ville où il emménageait, et où il allait vivre, autant cracher le morceau (avait-il lancé, bravache), avec une autre, avait finalement entériné tout ce que la mère de Wendy lui avait toujours dit au sujet des hommes.

Tout ce que l'impromptu fiancé avait commencé de chambouler de ce monde stable par sa présence neuve et étourdissante s'était comme naturellement remis en place. Et si Wendy avait forcément souffert de la rupture, elle avait aussi, dans une certaine mesure, à sa façon bien à elle, trouvé qu'après tout il y avait là quelque chose de normal et de rassurant : cette relation amoureuse n'était pas une exception (avec tout ce qu'aux yeux de Wendy l'exception pouvait avoir d'affolant – de grisant, oui, mais d'abord et essentiellement d'affolant), elle s'était terminée comme elle le devait, en eau de boudin. C'était le cas de toutes les histoires d'amour, et la raison pour laquelle il valait mieux les éviter comme la peste. Alors, après cette vague d'espoir que la réalité avait heureusement rapidement annihilée, Wendy était retournée à sa vie régulière. Elle y faisait ce qu'elle devait, consciencieusement, comme la bonne petite Wendy qu'elle était. Une Wendy qui, oui, s'était un temps égarée sur les chemins de l'amour, mais que la fin inévitable des relations, et donc de celle-ci en particulier, avait eu vite fait de remettre sur le droit chemin, se consolait-elle. Bougonne, fermée, mais altruiste ce qu'il fallait, dévouée à ceux qui le méritaient – ou du moins en présence desquels son métier la plaçait –, accomplissant scrupuleusement son travail, et n'exigeant pas plus de la vie, qui en retour lui demandait exactement ça, d'être utile, à sa modeste échelle de Wendy, et de faire les choses du mieux qu'elle pouvait, sans se laisser distraire par des fadaises, des émotions trompeuses, des espoirs vains.

Mais trêve de Wendy, on approche du bâtiment de verre dans lequel se trouve la salle de yoga, où Rachel doit finir d'épuiser l'intérêt de la position de l'arbre ou de la charrue (tout ça n'a plus de secrets pour elle) avant de s'engager ultimement dans une posture de la cigogne (debout, on se penche en avant pour, en rapprochant bien le ventre des cuisses, poser ou presque son nez sur ses genoux, tandis que vos mains se sont glissées sous vos doigts de pied), pendant que Ted passe négligemment entre les tapis, donne un conseil par-ci, lance une approbation par-là (C'est bien, Rachel), puis s'arrête un peu devant la baie vitrée où, bien posté sur ses deux jambes (son corps opaque, très dessiné dans le contre-jour, forme comme une lettre d'un alphabet inconnu), il contemple l'avenue dans laquelle des voitures passent, dans un sens ou dans l'autre, comme si toutes les directions s'équivalaient, comme si ce qui comptait, c'était de rouler, simplement, dans ce matin américain, sous le ciel de l'Oregon.

Parmi lesquelles, je vous le donne en mille, la Toyota de Philip, qui explique à Warren qu'il doit raccrocher, Dis bonjour à Marie pour moi. Warren n'y manque pas, Philip te salue, transmet-il à ladite, qui est en train de faire son créneau (elle voudrait acheter des bagels pour une petite recette qu'elle a en tête), car, ça tombe bien, on vient justement d'arriver dans Boulder (qu'est-ce que je vous disais, on retombe sur nos pattes).

⋆

C'était sympa, cette escapade dans l'Oregon, mais retour au Colorado, donc. On clipse la laisse d'Oscar, docile – *Good boy*, le félicite Warren, et qu'est-ce qu'Oscar ne ferait pas pour entendre ce *Good boy* dont les modulations spéciales, emphatiques et amicales, chaque fois lui pansent l'âme. Et puis celle de Sheba (*Good girl* aussi, après tout), et nos quatre personnages, les deux humains et les deux canins, s'avancent dans la rue principale.

Pearl Street, pour vous servir. Une rue coquette, piétonne, profitons-en pour baguenauder, et on s'arrête devant la vitrine du Bookstore. Franchement, si vous passez à Boulder, je vous conseille d'y entrer, et en attendant que vous puissiez le visiter en 3D, je vous donne une occasion de le faire en pensée, puisque Warren, laissant Marie avec les deux chiens (J'en ai pour une minute), doit y effectuer un bref achat.

On entre avec lui, donc, dans une salle aux murs (bien normalement, vous me direz, néanmoins très agréablement, vous répondrai-je) tapissés de livres, on slalome entre les tables, où les romans en piles arborent tous ici des couvertures illustrées, jusqu'à l'escalier qu'on monte tout en faisant courir notre paume sur la rampe en bois de chêne. À l'étage, c'est ce que je voulais vous montrer, des lustres pendent au-dessus de ce qui fut autrefois rien moins qu'une salle de bal. On imagine le froufrou des robes, les couples tournant, enlacés, sur ce parquet, et la lune qui ajoute son projecteur à la scène quand on s'accoude aux fenêtres pour reprendre son souffle et entamer de petits dialogues heureux et gênés. Mais pas le temps de flâner, Warren déjà redescend.

Pendant qu'il paye, dirigeons-nous vers le portant auquel sont suspendus des tee-shirts aux motifs littéraires, voyons voir, hum, vous en faites glisser les cintres sur la tringle, un dessin de baleine furieuse, Moby Dick, oui, la gueule hachurée par les fins barreaux de ses fanons, un portrait de Joyce ou, tenez, une machine à écrire avec une citation de Hemingway. Vous en choisiriez bien un pour vous, vous le mettriez de temps en temps en songeant au Colorado, à Warren et à Marie, aux pages de ce *Relais des Amis* dans lesquelles à votre façon vous avez mené vos pas – ah, si seulement on pouvait, en guise de souvenirs, rapporter des objets des romans qu'on lit aussi bien que des voyages qu'on fait.

Warren et Marie, Oscar et Sheba, reprennent leur marche dans Pearl Street. Pour ce qui est de nos deux toutous, ne croyez pas que seule la nature les enthousiasme, seuls les abords des lacs, les plans d'eau et les grands espaces, non, la ville aussi a ses attraits pour nos deux créatures canines, son lot de curiosités et d'animations. Ils y sont aux aguets, pas moins attentifs, pas moins soucieux d'interagir, et justement, qui est ce cocker assis aux pieds de sa maîtresse ?

Ledit cocker, lui-même assez intéressé à la vue du corgi, se dresse sur ses pattes arrière dans un mélange d'inquiétude et de joie. On se jauge, on s'examine, on se renifle la truffe, pas plus (Oscar est un garçon très poli), et au moment où on allait faire ami-ami, le cocker ressent ce léger étranglement du cou qui signifie qu'on le rappelle à l'ordre. Aux pieds, Chad, confirme une voix de femme hors champ ; et, tout penaud, Chad qui, en vertu d'un amour inextricable et débordant, donne à cette voix humaine tous droits sur ses désirs, se réengouffre, triste mais résigné, sous la table.

⋆

On se console en inspectant ce qui traîne là-dessous, on renifle, on léchouille quelque chose, mais *nothing to write home about*, se dit Chad, qui se recouche sagement en regardant le défilé des chaussures. Quelques paires de mocassins (certains avec des pompons qui tressautent à chaque pas), si on recense, quelques escarpins, et des sneakers en voulez-vous en voici, beaucoup à bandes auto agrippantes. Des assemblages de textile, de suède et de polyuréthane (un matériau flexible qui fournit aux passants un bon amorti), avec dessus en Proknit et languette en mesh respirable (les encoches de flexion, à l'avant du pied, assurent souplesse et dynamisme), volontiers finalisés tant qu'on y est par une midsole à effet speckle couplée à une outsole d'une autre couleur, bon. Et on ne compte plus les effets peau de tigre ou léopard, ni les trois bandes en TPU imprimées façon lézard ou zèbre.

Dans tout ce florilège, une paire de Converse guillerettes vient à son tour pointer le bout de son nez.

C'est gentil, ça, une paire de Converse, c'est délicieusement vintage, suivons-la, ça ne mange pas de pain.

*

La paire de Converse s'arrête quelques pas plus loin devant un stand de vente à emporter. La voix qui leur est associée demande un café, et on effectue un panoramique de bas en haut pour aller chercher le visage.

C'est un jeune homme pas bien réveillé, cernes de fêtard (dans la tête sans doute les images engourdies de sa soirée et de sa nuit), qui cligne un peu des yeux, ah et puis je vais prendre une gaufre aussi. Il y en a une pile d'avance, le vendeur en décolle une et la lui fait réchauffer (pour le spectacle de la belle coulure de pâte qui descend de la louche sur la plaque de fonte crénelée du moule, on repassera). Jordan (notre jeune homme s'appelle Jordan), après avoir récupéré sa monnaie, attrape le gobelet en carton d'une main et la gaufre de l'autre, et il la mange là, debout, devant le stand, en redécouvrant lentement le monde autour de lui.

Il essaye d'accommoder ses pupilles à la lumière du matin qui tombe ici ou là sur les façades, regarde les gens passer, mâche sa gaufre, scrouitch scrouitch, et prend, slirp, une gorgée de café trop chaud, et on recommence, tandis que parmi les passants s'encadre la silhouette de Tom Lee Mulligan, lequel est descendu de son ranch pour se ravitailler en whisky – et en denrées diverses, oui (puisqu'il faut bien manger), pizzas surgelées (si tant est qu'il ait un congélateur là-haut, à Gold Hill), sachets de chips et de viande séchée, et autres trucs pas compliqués, prêts aussitôt qu'on en déchire l'emballage, parce qu'il est comme ça, Tom Lee, pas trop le genre à se faire la cuisine, plutôt à boire au goulot sur sa terrasse face à la montagne, avec le paquet de chips ouvert à côté de lui dans lequel de temps à autre il plonge une main. Et même si toute cette huile, ça fait des traces ensuite sur les touches sur lesquelles il appuie quand ça a l'air de venir enfin, l'histoire qu'il voudrait raconter (Tom Lee est romancier). Et le whisky, parce que le roman en cours, chaque fois, c'est cette sensation de chantier impossible, de fouillis fragile, parfois de désert, et souvent, oui, de montagne, à côté de laquelle la vraie, en face de lui, a l'air d'une bagatelle à gravir. Un petit *Long road* qui va bien, distillé dans le Michigan (ou un *Mountain Angel*, tant qu'on y est – local, avec ça), à cause de tout ce que ça remue en lui, d'écrire, de s'efforcer d'écrire, de guetter les phrases, épuisantes, cahotantes, qui se dérobent et qui se cabrent, les phrases qu'il faut dompter, le fouet au bout de son bras fatigué, ou amadouer, venez, mes petites, venez, qu'il lui faut supplier parfois, les phrases rétives et qui lui prennent toute son énergie, mais qui ont le pouvoir inouï de créer des mondes.

Enfin, toujours est-il que Tom Lee, ce matin, le visage chiffonné, avec sa gueule de bois ordinaire et cette sorte de mécontentement un peu général qui leste toute sa personne et la plupart de ses heures, Tom Lee, bougon comme il sait être, bouscule notre jeune homme sans bien s'en rendre compte, il lui cogne le bras en passant et attention, une des deux feuilles qui enveloppaient la gaufre en profite pour se carapater, ni vu ni connu, elle glisse, se débine franchement, fugue, et s'en vient former aux pieds de Jordan une forme indécise et froissée qui commence de sautiller sur le trottoir.

Quelle sensation de transgression, oui, dans ce monde ordonné, au creux du lit de cette rue proprette et fleurie, et quel soulagement de ne pas avoir échoué dans une poubelle au milieu de denrées poisseuses : notre papier froissé, galvanisé par le risque qu'il prend, apeuré par tous ces pieds en mouvement, affolé à l'idée de toutes ces mains qui pourraient se baisser pour le saisir, brassant mille émotions contradictoires, goûte le plaisir éphémère, aigu et exaltant de cette promenade inespérée, jubilant dans la force intense de l'instant et le bonheur fragile que c'est, de s'en aller faire sa vie.

Poussé par le vent léger, il entreprend un petit périple qui réveille en nous la mémoire de ces *tumbleweeds* qui roulent, vous savez, sur les sols sableux des westerns – une plante nomade qui, tout asséchée comme elle est, prend ses cliques et ses claques et part en quête d'eau à boire, elle-même comme un *lonesome* cow-boy à tracer son chemin solitaire dans les paysages, métaphore de quoi qui nous laisse chaque fois dans le cœur un sentiment inexplicable.

*

Semblant effectivement se persuader que c'est bien ce qu'il est, un *tumbleweed*, le papier d'emballage trace sa route sur le sol goudronné. Mais Pearl Street n'a pas grand-chose à voir avec le décor aride, vide et indéfini des Rocheuses, et notre papier se retrouve vite coincé contre le pied d'une chaise à la terrasse du café suivant. Il y donne d'abord de brefs coups de butoir, comme ça, mais rien à faire, il est complètement bloqué ; et je crois qu'il ne se passera plus rien pour lui avant le coup de balai du soir.

Laissons donc plutôt notre regard remonter le long de ce pied de chaise pour déboucher sur une jeune femme assise, la tête courbée sur un livre, et dont les cheveux longs, déployés en rideau, dissimulent le visage.

Qu'est-ce qu'elle lit ? Un roman, penchons-nous par-dessus son épaule, une histoire, on dirait, de steppes bien froides, de traîneaux sur lesquels, emmitouflés comme il faut dans l'air vif, des personnages passent devant des maisons aux toits à bulbe en sillonnant la neige – oh, toute cette neige.

Vous auriez envie qu'on y entre, dans le monde à chapkas et gros manteaux de ce roman, qu'enveloppés dans des fourrures imaginaires on se laisse tirer par ces chiens à travers ces paysages d'hiver dont la froidure rude et blanche est trouée de bals colorés et chaleureux où danser dans le frémissement des amours possibles ?

On pourrait faire ça, on tendrait nos bras devant nous, une main posée sur l'autre, et hop, on plongerait vers ces parquets cirés où l'on valse, ces villes d'un autre siècle, ces palais, on entrerait dans le livre que tient Shirley (notre lectrice se nomme Shirley). Mais est-ce que ce n'est pas imprudent d'entrer ainsi dans une fiction ? Est-ce qu'on trouverait un moyen ensuite de s'en extirper pour revenir au monde réel ?

D'autant qu'imaginez, si on atterrissait dans cette rue neigeuse de Saint-Pétersbourg, un peu hésitants de savoir si on a bien fait, si tout ça n'est pas un brin risqué, puis qu'on profitait de ce qu'on apercevrait encore vaguement le ciel de Boulder au travers de la page pour, ne jouons pas avec le feu, faire machine arrière et nous hisser vite fait hors du livre, on se réceptionnerait bien dans Pearl Street, mais ce ne serait pas tout à fait la Pearl Street qu'on viendrait de quitter. Vous regarderiez autour de vous, éberlués, en vous demandant mais qu'est-ce qui se passe ? Quid des paires de Converse, des sneakers ? Pas l'ombre d'une, mais quelques chercheurs d'or burinés et soupçonneux, ça oui, la face crevassée par le soleil, qui nous regarderaient d'un œil torve, avec dans l'idée qu'on pourrait bien leur piquer leur filon. Aïe, on s'y retrouverait bien dans la réalité de Boulder mais à l'époque de ces bals russes, dans le dernier tiers du XIXe siècle. Et là, je pense à vos proches, à tous ceux qui vous attendraient, et dont vous seriez désormais séparés par un siècle et demi…

Qu'est-ce qu'on ferait alors ? Il faudrait que je vous sauve de là, mais je ne vois vraiment pas comment.

Ou bien ? Si, j'ai une idée.

On irait se renseigner sur les horaires de la diligence, on s'y installerait, un peu serrés (nous, avec nos habits d'aujourd'hui) parmi des voyageurs étonnés, vaguement réprobateurs, une femme en robe à rayures vertes, peut-être, un homme au visage fermé sous un chapeau noir.

Comment est-ce qu'une diligence pourrait nous ramener au présent ? Patience, patience.

Le cocher fouetterait ses chevaux, c'est parti, dans la poussière sableuse, les jurons, les cahots. On traverserait les Grandes Plaines du Kansas (la guerre de Sécession n'est pas si loin, et on y penserait forcément en les balayant des yeux), on alternerait avec le train, aux fenêtres les rideaux ballotteraient. On attendrait parfois devant des petites gares. On cheminerait à travers le Missouri (ah, les prairies), puis à travers le Kentucky (oh, les pâturages). On dormirait où on pourrait, parfois dans des auberges, dans une station relais plantée au milieu de nulle part, dans l'unique hôtel de la ville. Quand on ferait un tour au saloon, on se tiendrait à carreau, histoire d'éviter les bagarres. Arrivés en Virginie, on continuerait en biais jusqu'à la côte. On remonterait jusqu'à Manhattan, on embarquerait sur un paquebot.

On affronterait le roulis, le vent, les bouillons de vapeur de charbon. Les jours et les nuits. Et puis on débarquerait à Liverpool.

Sur les docks il y a foule, ça décharge, ça transporte et ça crie, on n'y traînerait pas trop, ce qu'il faudrait, c'est gagner Woking.

Presque trois cents kilomètres, mais après tout ce qu'on viendrait de parcourir, ça paraîtrait de la gnognote. On se débrouillerait. De toute façon, il ne faut pas arriver trop tôt. Le temps que notre futur hôte emménage à Woking, on égrènerait quelques années de plus dans le comté de Merseyside ou dans celui de Surrey, et puis on finirait par entrer *just in time* en gare de *Woking Common Station*.

Voyons voir l'adresse, Maybury Road. Je demanderais à une dame ou à un monsieur qui passerait par là, et qui me répondrait que c'est face à la voie ferrée, très bien, on marcherait jusqu'au 141.

On arriverait devant une petite maison jumelée, oh, qui ne paye pas vraiment de mine, un seul étage, pas large du tout, un bow-window timide, mais la question, ce serait comment y pénétrer sans se faire remarquer.

La porte d'entrée, avec un peu de chance, ne serait pas fermée à clé. On se faufilerait dans le couloir, on pousserait une porte entrebâillée et on se glisserait ni plus ni moins que dans le bureau de H.G. Wells.

C'est toujours émouvant, un bureau d'écrivain, on se dit que c'est là que ça naît, là que ça s'invente, on a l'impression que quelque chose y frémit, comme si le secret de tout ça se trouvait suspendu dans l'air de la pièce. Mais il ne faudrait pas que je m'attendrisse, j'aurais ma mission à mener à bien, vous ramener au présent (vous devez commencer à voir où je veux en venir). Sous la lampe à l'abat-jour à franges, sur le bureau en acajou, on apercevrait quelques pages manuscrites de *La Machine à explorer le temps*. On profiterait d'un moment où Herbert George se lèverait pour aller à la fenêtre, où son regard se perdrait dans une idée logée dans quelles frondaisons là-bas, pour, vlouf, entrer dans son manuscrit. Là, il nous faudrait encore convaincre l'inventeur de la machine de nous renvoyer dans notre XXIe siècle. Ou y monter nous-même, discrètement, pendant que l'inventeur est à table avec ses amis savants, comment ça marche ce truc-là, ah oui, inscrire la date avec la molette, et démarrer, direction notre époque.

Une solution au poil, que je vous ai concoctée avec amour, mais qui ne se ferait pas en un claquement de doigts. Beaucoup de fatigue, dans cette expédition, beaucoup de peurs, sans compter qu'on ne sait jamais très bien dans quel état on rentre d'un voyage dans le temps (le cheveu hirsute, sans doute, les joues pleines de suie, l'esprit passablement ébranlé) – si tant est qu'on en revienne. Non, tant pis pour les valses, restons avec Shirley.

*

Sauf que Shirley, ça me désole un peu, est si absorbée par sa lecture, la tête penchée, comme ça, avec toujours son rideau de cheveux qui empêche de la voir, que je ne peux même pas vous la décrire, voilà qui est frustrant. Suivons plutôt cette araignée minuscule (un bébé, je suppose), qui trottine sur le dossier de sa chaise puis se laisse descendre au bout de son fil jusqu'au sol où, de toute la force de ses microscopiques pattes, notre arachnide novice explore les lieux, s'étonnant de tout.

Les miettes, à son échelle, lui paraissent des rochers, ce papier d'emballage blanc, tout chiffonné, coincé contre le pied (il est toujours là), lui semble, mettons-nous à sa place, l'Himalaya – ah, comme l'univers est incommensurable et varié. Elle continue son bonhomme de chemin jusqu'à la chaise suivante, abordant une chaussure, dont elle gravit gaiement la montagne. Puis c'est le bas d'un pantalon, à travers lequel irradie la chaleur d'un corps, et sur lequel (un nouvel être humain, investiguons) elle entreprend itou de grimper, enthousiaste, charmée par toute cette diversité du vivant. Tant qu'on y est, elle se hisse jusqu'à la cuisse, voilà, qui forme un plateau horizontal, où elle fait une pause, tout étourdie de sa marche. Elle souffle, heureuse, empathique, pleine du sentiment de sa continuité harmonieuse avec le monde, et c'est alors que, quittant la toile de coton du pantalon, elle s'engage bille en tête sur la peau nue d'un bras posé là. Malencontreuse erreur, notre chélicérate (vous regarderez) sous-estime le pouvoir chatouillant de ses petons. Qu'est-ce que c'est que cette saloperie, s'exclame aussitôt Laure, qui ni une ni deux écrase notre brève héroïne. Laquelle ne forme plus entre ses doigts qu'un minuscule cadavre tout écrabouillé et sanguinolent que ladite Laure envoie bouler d'une pichenette.

⋆

Ce n'est pas absolument facile, après une brusque scène de meurtre, d'enchaîner sur la responsable avec bienveillance et sympathie, quand bien même son crime concernerait un petit être à huit pattes qui pèse moins d'un gramme. Mais que celui ou celle qui n'a jamais tué une araignée lui jette la première pierre.

En attendant, je continue.

Laure, donc. Une Française, son prénom vous renseigne sur ce point, arrivée hier, et tout ensommeillée encore par le décalage horaire. Ajoutez à ça un peu de migraine à cause de l'altitude à laquelle elle n'a pas encore eu le temps de se faire : son cerveau, j'en ai bien peur, est un espace plein de brume dans lequel deux trois idées hagardes peinent à trouver leur chemin. Elle commande un soda à Jim (on lit son prénom sur son badge), un beau gars souriant qui ne dépare pas dans ce matin lumineux et dont la gaieté même, à vrai dire, a pour elle quelque chose d'exotique. Petit temps d'attente, que Laure occupe en regardant autour d'elle ce décor inédit (c'est son premier séjour ici) dont les formes intrigantes et dépaysantes lui réveillent les neurones, tous ces objets inhabituels qui lui font des hou hou, et qu'elle considère avec ce mélange d'exaltation et de solitude blessante qu'on peut ressentir en voyage, surtout quand on est séparé par un océan entier de tout ce qu'on connaît.

Mais voici Jim, lequel dépose devant elle son soda qui pétille, quoique peut-être pas pour très longtemps (je serais les bulles, je me ferais du souci, avec tous ces glaçons). C'est un gobelet *king size*, si énorme que l'onomatopée *Waouh*, enthousiaste et vive, fuse immédiatement et comme d'elle-même dans ce brouillard des pensées de Laure. Et dans son sillage, surgit une impulsion à laquelle notre jeune femme ne résiste pas : elle fait un selfie avec gobelet et, pendant que les bulles, de toute façon kamikazes, celles qui sont encore vaillantes du moins, se précipitent aveuglément à la surface où elles éclatent, écervelées et fantasques, en un chuintement presque joyeux (vie et mort des bulles, n'y pensons pas trop), elle l'envoie à sa grande amie restée à Paris (Layla, de son petit nom).

*

Et voilà notre MMS qui décolle sur-le-champ du téléphone de Laure, et est-ce qu'il monte dans le ciel tout là-haut, aspiré par un satellite qui le renvoie en un tournemain direction l'Hexagone, ou est-ce qu'il s'engouffre dans des câbles sous l'eau comme il paraît que le font (le faisaient ?) nos mails (comment ça fonctionne, ces trucs-là, c'est quand même dingo), il file comme un dératé, j'allais dire les oreilles en arrière, par-dessous ou par-dessus l'océan, et hop atterrit transitoirement sur une plateforme qui s'occupe de vérifier la compatibilité technique de l'appareil de sa destinataire. J'ai l'impression que c'est bon, il redécolle vers l'antenne la plus proche de là où se trouve Layla, avant de foncer purement et simplement place Colette, puisque c'est là qu'elle est, à faire les cent pas sous les arcades. Elle attend quelqu'un qui n'a pas l'air d'arriver, un amoureux ou une amoureuse, gageons, à cause de cet air anxieux qu'on lit sur son visage, de je ne sais quoi dans ses yeux qui s'égare et s'attriste. Et elle est en train de vérifier l'heure pour la énième fois, ou de guetter un texto qui expliquerait ce retard, quand le message de Laure s'affiche.

Layla l'ouvre, pose son doigt sur la photo et l'agrandit entre le pouce et l'index, zoome sur le visage de son amie, puis sur le soda, et un petit monologue s'éveille en elle au sujet de l'amitié, comparativement à l'amour, tout ça. Quelque chose sur ce lien-là tellement plus solide, plus heureux, plus plein, quand on y pense, et plus définitif, que ces relations sentimentales dans lesquelles on s'engouffre dans un affolement délétère. C'est vrai, qu'est-ce qu'on s'en va pleurer sur des amours de passage quand on a une grande amie comme ça ? Oui, mais se poser la question ne change pas grand-chose à l'affaire, et dans le cœur de Layla l'impatience et l'inquiétude se liguent avec une efficacité redoutable pour rendre ce moment sous l'architecture parfaite de ces arcades harmonieuses essentiellement acide.

Heureusement, voici une diversion en la personne d'un homme poivre et sel, le sourire doux et l'œil rêveur, j'ai nommé Gilles.

Comme souvent, Gilles est dans ses pensées, la plupart vagues, indécises, musant librement ; mais l'une d'elles, d'un ordre beaucoup plus pratique, prend dans une certaine urgence la tête du groupe désordonné de ses consœurs, car voici qu'il n'a pas de quoi allumer sa cigarette.

S'emparant illico de sa mission, cette pensée-là, plus précise et plus volontaire, a mis son radar, et cette jeune fille qui attend sous les arcades lui paraît tout à fait du genre à fumer, suggère-t-elle aux jambes de Gilles qui se dirigent alors vers Layla.

Et tandis que d'autres pensées plus éthérées continuent de déployer leurs voiles gracieux dans son for intérieur en des danses souples et incertaines, Excusez-moi, articule la bouche de Gilles, est-ce que vous auriez du feu.

Layla farfouille dans son sac, ça prend un peu de temps (tout le monde sait que quand on cherche un objet dans un sac c'est toujours le dernier sur lequel on met la main). Gilles la regarde, cette jeune fille en même temps énervée et attentive, qui est en train d'essayer de résoudre son problème à lui. Il y a de la gentillesse à la scène, plein de petits sentiments altruistes qui volettent dans le cœur de Layla, tout embêtée de le faire attendre, ah, le voilà.

Elle sort un briquet bleu dont elle actionne elle-même la molette sous la cigarette de Gilles qui, la tête de côté, avance sa main en paravent. Mais le courant d'air forcit sous le tunnel des arcades et ça ne suffit pas, la flamme vacille. Layla ajoute alors le rempart de sa propre main, et les voilà tous deux paupières baissées vers la flamme fragile qui naît entre eux dans la caverne miniature formée par l'assemblage de leurs paumes. Passe alors, à cause de l'image de la grotte, à cause de cet enjeu-là, sur lequel ils se concentrent, de faire surgir du feu, comme un regain de préhistoire, quelque chose là de primitif et d'essentiel qui inscrit sa mémoire au cœur de la ville si construite et si dense. Et à la fois, forcément, avec leurs doigts qui se frôlent, c'est un moment intime, quelque chose de fugace, qui sans doute ne débouchera sur rien, mais il faut profiter de cet instant suspendu et gratuit où les voici courbés l'un vers l'autre – voilà, c'est terminé.

Leurs deux mains se disjoignent, leurs corps s'écartent et tandis que Gilles, inspirant une grande bouffée, range dans sa poche son paquet frappé de ses photos morbides et éhontées (une pitié, un scandale, tous ces organes sanguinolents, tous ces pieds de cadavre étiquetés, certaines de ces images ne devraient même pas être autorisées), Layla, comme ils vont pour se séparer, lui tend le briquet, J'en ai un autre, vous pouvez le garder.

C'est un briquet tout simple, sans valeur marchande ni manifestement affective (car même un petit briquet de rien peut contenir toute une histoire, un souvenir doux, son lot de promesses, et on peut ne pas vouloir s'en défaire pour cette raison-là) – peut-être en aura-t-il une légère pour Gilles, s'il a envie de se rappeler cette scène.

Vous êtes sûre ? C'est très gentil, répond Gilles, et c'est donc ce briquet, aussitôt empoché, qui nous sert ici de bâton de relais, passé ainsi de Layla à notre motard qui s'avance vers son scooter garé à quelques mètres de là.

*

Avec une habileté de dompteur, notre nouveau venu contourne la calandre sur laquelle un lion argenté, posté sur ses pattes arrière, ouvre sa gueule sur un rugissement inaudible. Il s'agenouille pour défaire l'antivol, la clope au bec, plissant les yeux sous le filet de fumée qui monte de l'extrémité de la tige, puis il attrape son casque sous la selle et le laisse ballotter à son bras façon seau de plage, le temps de finir sa cigarette.

Allons, c'est pas le tout, on enfile le casque (c'est-à-dire Gilles), on ajuste la jugulaire (Gilles, itou) par le moyen de sa boucle micrométrique crantée, on monte sur l'engin et on libère la béquille (Gilles, toujours) ; et hop, on démarre. Et là, c'est parti pour une promenade à scooter dans Paris.

On dépasse la fontaine, dont l'eau chavire d'une vasque à l'autre dans un crépitement presque pastoral, et on s'engage dans la grande géométrie de l'avenue de l'Opéra. Dans la perspective, le Palais Garnier dresse ses allégories contre le bleu du ciel : tout en haut à gauche, brille l'Harmonie, tandis qu'à droite, la Poésie n'est pas en reste, qui jette son vif éclat.

Gilles tourne à gauche (on accompagne le mouvement du conducteur dans le virage, on fait corps avec lui) dans le boulevard des Capucines, sacrément arboré, vous le remarquez, avec les frondaisons qui s'en vont presque chatouiller le fer forgé des balcons. On maintient le cap, on laisse filer à notre droite la rue Scribe, on esquive la rue Édouard-VII, on snobe la rue de Caumartin, on ne se gêne pas non plus pour la rue Godot-de-Mauroy (qui c'est celui-là ?). La rue Vignon subit le même sort, et nous voici à tourner autour de la place de la Madeleine. C'est amusant, c'est exotique, temple périptère, rien que ça, épicerie fine et couturiers.

Godot de Mauroy, j'ai un petit remords de l'avoir expédié comme ça, avec cette désinvolture, un homme après tout, avec son double nom de fantôme, voyons voir : il n'y a pas pléthore d'occurrences sur le Net, propriétaire par ici, on dirait, avec son frère, les voilà deux, donc, je n'arrive pas à en savoir beaucoup plus, malgré ma bonne volonté – terminons donc ce paragraphe (désolée, Messieurs), et revenons sur le porte-bagages du scooter de Gilles.

On a vite fait de se retrouver dans le passage un peu coton de la place de la Concorde.

Là, on se sent une pauvre chose toute frêle, le corps à vue comme ça, sans carrosserie autour de soi, à la merci de tous ces pare-chocs autoritaires. L'obélisque se dresse comme un arbitre, raide comme un I, vaguement dépassé par les événements, pendant qu'on tente sa chance. Gilles a l'habitude, slalome, accélère, zui, zui, freine, reprend, attention au taxi à droite, ouf, on est passés.

Et voici qu'on longe, beaucoup plus sereinement, le cours la Reine jusqu'au pont Alexandre-III, à l'entrée duquel le feu vire au rouge. On se positionne en avant des voitures, comme font toujours les deux-roues, voyez, et Gilles sait qu'il dispose d'environ une minute trente pour rêvasser. Son regard brosse le grand ciel au-dessus du fleuve, estampillé par deux dames en bronze passées à la feuille d'or qui luisent triomphalement (la Renommée des Arts et la Renommée des Sciences, pour votre gouverne et pour celle de Gilles), tandis qu'à leurs pieds trônent plus sagement, dans la chair de leur pierre mate, deux allégories plus sévères (la France du Moyen Âge et la France de la Renaissance). Les parapets sont effrangés chacun d'une rangée de candélabres qui, dans la perspective, s'en vont diminuendo vers les bâtiments de l'autre rive et, tiens, sur l'un d'eux, une mouette, dont l'œil rond croise celui de notre motard.

Aussitôt, des images de mer envahissent Gilles. Des horizons dégagés, des plages à marée basse, des rochers, en surplomb l'herbe très verte – et la sensation du vent.

La mer, c'est sûr, il irait bien, mais il a trop à faire ici. Leurs regards s'accrochent un moment, celui du volatile et celui de l'humain, et quand ils se décrochent parce que le feu passe au vert, nous, qu'est-ce qu'on fait ? On laisse filer le scooter, allez, et on s'envole avec la mouette, qui déplie ses ailes et commence de remonter le fleuve vers l'ouest.

*

On survole les quais, on voit les gens de haut, c'est rigolo, leurs crânes, leurs silhouettes en plongée, et puis bientôt, sur les rives, ça se boise et ça verdit, bientôt les guinguettes.

Ça fait toujours quelque chose, ce genre de décor, les lampions qui ballottent, leurs guirlandes nostalgiques. Et l'idée des corps qui la veille encore y dansaient, leur maladresse parfois, les rêves qu'on y pousse, toute cette émotion des bals, et comme on est enjoué au-dehors, et pourquoi si incertain, si vacillant, en dedans.

Notre mouette, sourde à tous ces vagues à l'âme, est plutôt attirée quant à elle par les promesses que recèle la poubelle en contrebas (elle a un petit creux, ça tombe bien).

Elle se pose sur l'anneau, hum, il y a bien un bout de sandwich, mais trop au fond, on n'y arrivera pas. Mieux vaut adopter la bonne vieille technique qui consiste à donner des coups de bec dans le sac depuis le sol. On s'y attelle (enfin, notre mouette), son bec est acéré, son expertise grande, son expérience n'est plus à prouver ; et le sac, vite lacéré, laisse échapper ledit bout de sandwich. Pendant que notre mouette s'en délecte, on en profite pour entrer incognito sur la piste ouverte sous l'auvent. On s'accoude (en pensée, en pensée) au bar vide, on imagine ce que ça a été, la veille au soir, pour ceux qui ont commandé à boire et discuté avec le serveur, et puis qui se sont adossés là, leur verre à la main, le corps tourné vers les danseurs et hésitant à se lancer à leur tour, les regardant bouger, pomponnés, appliqués, certains qui comptaient les temps, trois, quatre, dans leur tête ou à mi-voix, d'autres plus à l'aise, plus intuitifs, et tous plus ou moins aimantés par l'idée de la rencontre (ah, ce que c'est que les guinguettes, les soirs d'été).

Une péniche passe, histoire de compléter le tableau. Notre mouette repue s'en va se poser sur son rouf.

⋆

On se laisse un peu glisser sur le fleuve, à ras d'eau, on regarde défiler la rive en un diorama placide.

C'est d'une douceur acide, qui remue en soi je ne sais quelles mélancolies presque enviables, car il y a, oui, dans le spectacle de ces sols spongieux, de ces herbes très vertes, quelque chose de bizarrement agréable. On frissonne, on s'émeut, on se laisse envahir par un genre de tristesse apaisée et frétillante à la fois.

Vous avez là quelques canots, amarrés au bas de jetées, des ébauches de jardins, de frêles massifs, des tulipes qui s'agitent dans la brise humide, follettes, indécises, des capucines, fragiles et orangées.

Derrière la vitre d'une remise à outils, on distingue un râteau, qui observe avec un mélange d'inquiétude et de fatalisme les remous du fleuve. Car si les maisons sont blotties au fond des jardins, c'est bien pour tenter d'échapper à la frénésie vorace des inondations. Elles se terrent dans une sorte d'effroi sourd dès que les pluies tombent et grossissent le flot, le violentent, l'agacent; et bientôt le fleuve sort de son lit et s'en vient fouiller les gazons de sa patte de monstre, atteignant parfois le rez-de-chaussée, grattouillant le bas de la façade de ses griffes liquides, voire pénétrant à l'intérieur, ça arrive, à la recherche d'un être vivant à attraper.

Tout ça ne contrarie pas la digestion de notre mouette, qui se laisse transporter, royale, altière et bec au vent.

Profitons de ce moment où elle paresse, calme et immobile, pour apporter une précision lexicale :

savez-vous que quand on dit mouette, bien souvent il s'agit d'un goéland?

À la réflexion, ça pourrait être notre cas. Point de pattes rouges, non, et le bec, le bec est tout ce qu'il y a de plus jaune : un goéland, ça ne fait guère de doute. Je pourrais continuer de l'appeler mouette par commodité (ah, nous et nos idées fausses, qui ont pour seul intérêt qu'elles nous soudent bizarrement), mais gagnons plutôt en justesse du vocabulaire (tant qu'à faire), progressons dans notre connaissance des oiseaux de mer. Et notre goéland, optons pour goéland, regardez-moi ça, à croire qu'il est tout heureux d'être reconnu pour ce qu'il est, se dresse sur le rouf, gonfle son poitrail d'aise et nous fait, spéciale dédicace, une de ses danses : il étire une patte vers l'arrière, en une arabesque classique, puis l'autre, assez élégamment, youpi.

Mais bon, c'est pas tout ça, on a encore du chemin jusqu'à la mer, et notre volatile, vlouf, redécolle, et reprend son corps-à-corps avec le vent.

*

Ne le lâchons pas d'une plume, et avec quelle facilité il surfe sur les masses d'air, avec quelle aisance somptueuse, tandis qu'au-dessous de lui le fleuve coule toujours qui tresse son eau parmi les pierres et les herbes des rives, décoiffant quelques hydrophytes à son passage, courant vers l'estuaire, aspiré par l'idée de la mer, tout là-bas. La mer, son horizon, son but, son obsession, et son eau folle cavalcade, éperdue, fusionnelle, pour aller se jeter dans ses bras.

À force de battements d'ailes et de jeux habiles avec les courants, voici les cheminées de Porcheville. Tiens, point de bouillons de fumée blanche ?

La centrale, je me renseigne, a fermé en 2017.

On respire mieux, c'est sûr, et à cet instant même ce n'est pas pour déplaire à notre *larus argentatus* (ou goéland argenté, si vous préférez), mais que sont devenus ceux qui y étaient employés ?

Yves y travaillait, et Joanna aussi. Ils habitaient là, lui, cette maison au toit rouge, avec les géraniums aux fenêtres, elle, un peu plus loin, un appartement. Reclassés, la direction a promis, pour l'ensemble des personnels, pas de licenciements, d'accord, mais ça signifie au moins des familles qui ont dû déménager, ça signifie de petits exils, de l'éloignement.

La femme d'Yves vendait des pulls, elle aimait bien la boutique, sa collègue, la matière douce des vêtements, leurs couleurs. Les enfants s'étaient fait des copains à l'école. Il a fallu quitter tout ça, faire l'apprentissage des départs, et des séparations, il y a eu des complications et des chagrins, c'est sûr.

Ça a été tout un binz, la maison dont on était loin d'avoir remboursé le crédit et qu'on a dû mettre en vente, et le type de l'agence qui s'en foutait bien, de tout ce qui leur arrivait, qui mâchait son chewing-gum en disant Attention ça, c'est pas aux normes, pendant que Gisèle (c'est la femme d'Yves) montrait ces pièces dans lesquelles ils avaient vécu, ces pièces qui lui racontaient ça, son arrivée là avec Yves, tous les deux jeunes mariés, les naissances des enfants, tout ce qu'ils avaient dit et fait entre ces murs.

Et les amis qu'on a invités une dernière fois dans le jardin pour un barbecue. Il pleuvait, on s'est regroupés en catastrophe dans le salon, tout trempés. Yves, le pauvre, faisait des allers et retours pour rapporter les saucisses qui cuisaient sous l'auvent. Leurs petits corps, qu'il avait d'abord piquetés à la fourchette, crépitaient sur la grille dans une odeur lourde de charbon et de chairs brûlées comme, a pensé Yves, dans un sacrifice qu'on fait aux dieux pour le départ. Pour qu'ils accordent leur bienveillance et leur appui pour la route et tout ce qui les attendait.

Toi, Gisèle, tu regardais tout ça, appuyée contre le chambranle de la porte-fenêtre, une cigarette à la main, les invités dans le salon et dans le jardin la fumée grasse qui s'élevait comme un ultime message d'Indien au haut d'une colline qui envoie la nouvelle qu'il ne sera bientôt plus là ; et tu te souvenais de tes promenades avec Yves sur l'ancien chemin de halage, au tout début, avant de vous marier, quand vous alliez y marcher main dans la main en vous racontant vos projets, en peignant à deux ce que serait votre vie ici, avec en vous les grandes aspirations vers demain et pourtant toujours la crainte vague qu'il en aille tout autrement.

Tu fumais, un peu en retrait, dans le brouhaha de vos voisins et de vos amis, et tu pensais au port de Limay, tu pensais aux falaises de Mézières, tu pensais au parc Pierre-Peyre où vous aviez vos habitudes, où tu emmenais les enfants, et depuis lequel vous les aperceviez, justement, les cheminées de l'usine, là comme les deux colonnes grecques de quel temple.

Tout ça qui quelques jours plus tard s'est amenuisé dans l'encadrement en format scope de la vitre arrière pendant qu'Yves au volant, les mâchoires pourtant crispées, entonnait une chanson à l'intention des enfants, que tout ça n'ait pas l'air si triste, qu'on fasse comme si on partait avec entrain.

Joanna, elle, avait un amoureux qui n'était pas près de quitter le garage de son père, qu'il venait de reprendre. Ledit paternel continuait à y passer ses journées, scotché là sans trop savoir quoi faire de lui-même. Il n'avait jamais beaucoup aimé Joanna, et il lui faisait sentir, le père exclusif, qui voulait tout l'amour de son fils pour lui. Difficile alors, même dans le cas où elle aurait dit d'accord pour l'odeur d'essence toute la journée, de démissionner de la firme pour devenir, avec le père tout le temps sur le dos, avec la désapprobation du père, avec son mécontentement de vieux ronchon à peser toujours sur ses frêles épaules, la caissière du magasin ouvert sur les pompes et où on trouvait de tout, des bidons d'huile de moteur, des sandwiches triangulaires sous plastique, des canettes, des bonbons. Comment est-ce qu'on s'est débrouillés ? Joanna a fait des allers et retours, un temps, comme d'autres dont les conjoints avaient dû rester, accrochés à leur emploi ; et puis voilà, certaines relations n'ont pas tenu.

Oh, parfois aussi on a essayé de se convaincre qu'il y avait du bon à déménager, un nouvel élan, quoi. Que ce soit en célibataire ou en famille, on s'est formulé les choses comme ça en claquant la porte du camion de location avec toutes ses affaires dedans et roule ma poule ; mais ça secouait, c'est sûr, ça les a sacrément secoués, les employés de Porcheville.

En quelques coups d'ailes, on dépasse les deux cheminées muettes, dont les pulsations presque émouvantes des feux de balisage aérien clignotent à leur col pour signifier de toutes leurs forces qu'elles sont encore là. Éperdues, inutiles, affolées à l'idée qu'on les démantèle (on peut les comprendre), leurs deux conduites tendent leur bizarre supplique vers les nuages qui les surplombent.

*

On suit de haut l'autoroute qui ici borde le fleuve, et on pense à toutes ces vies qui défilent, emportées par ces voitures, elles aussi, plus ou moins, vers la mer.

Une station-service pique sur une aire son enseigne colorée (est-ce celle de l'ancien compagnon de Joanna ? comme vous y allez, en tout cas je ne vois pas le père), et notre goéland alors descend en piqué (les arrêts font partie des plaisirs du voyage), il y trouvera sans doute de quoi snacker encore en chemin.

À l'instant où il se pose sur un plot, une jeune femme est en train de dégager le pistolet de distribution hors du conduit du réservoir de sa Twingo. Elle va pour le raccrocher à la pompe (oups, on essaye de ne pas s'emmêler les pieds dans le flexible), revisse le bouchon, tout bien comme il faut, referme la trappe.

Ankylosée par la conduite, notre conductrice s'étire et fait quelques pas pour se désengourdir en regardant au loin, derrière les glissières d'autoroute, les prés, les champs de betteraves, de maïs et d'escourgeon, qui courent vers l'horizon.

On travaille un peu ses épaules, on ouvre grand les bras, c'est comme si on s'apprêtait à embrasser le paysage, à l'enlacer – comme si, oui, elle voulait étreindre le monde ; elle ajoute quelques flexions de genoux, des trucs comme ça, qui lui font du bien, et elle sent son corps, ses muscles, ses contours, c'est bien elle, Louise, la bonne Louise de toujours, qui par ces gestes reprend possession d'elle-même.

Elle sort de sa poche un sachet d'oursons à la gélatine, en attrape un, et elle n'a pas fini de le mâcher qu'elle rouvre sa portière.

Attention, on n'a que quelques secondes pour se décider. Qu'est-ce qu'on fait ?

Je me dis que si on monte avec elle, on sera plus vite arrivés à la mer.

*

On attache nos ceintures imaginaires, on se tient tout discrets et bien transparents sur la banquette (on sait faire). Et par la vitre de la plage arrière, on voit rapetisser notre volatile (bye bye, le goéland), il faut bien se quitter un jour.

Elle a une conduite souple, Louise, on se sent bien avec elle. On se laisse porter, elle met du Bill Callahan, ça va bien avec les paysages qui se déroulent, c'est comme une bande-son sur un travelling. Dans la vie aussi, il y a comme de purs moments de cinéma.

Dans les écrans des vitres, tout le monde semble fidèle au poste : les vaches, bonnes filles, mâchonnent gentiment, un cheval broute dans un pré, des étourneaux volettent dans les sillons d'un champ, dans un autre voici la forme massée et scrupuleuse d'un tracteur, et avec elle l'idée des occupations qui suivent leur cours. C'est apaisant, bien vert tout comme il faut, un genre de bien-être vous envahit tandis que vous posez sur ce décor, manière de résumer les choses, l'adjectif, c'est ça, bucolique.

La programmation aléatoire glisse sur Bastien Lallemant, c'est « Ami-ami », et Louise pense aux baisers qu'on ne s'est finalement pas donnés, à ce qui flotte parfois entre deux personnes comme une chose possible, et puis dans quoi on ne s'est pas lancés (ah, l'amour, les garçons, tout ça).

Les paysages défilent encore, et les souvenirs, et comme l'image étrange de ce que c'est qu'une vie.

La circulation est très fluide, on roule bien.

À ce train-là, on a vite fait d'arriver au camping.

*

N'allez pas imaginer un grand pré platouille ponctué de tentes hétérogènes plantées à la va-comme-je-te-pousse derrière l'en-tête d'un bâtiment rectangle au crépi vaguement usé qui contient des douches aux jointures moisies par les hivers humides : *Au bel azur* est un camping qui ferait envie à n'importe qui de vaguement allergique aux nuits sur des sols durs, à l'air poisseux des tentes et aux acrobaties qu'il faut faire pour s'en extirper.

Des bungalows y descendent vers la mer, arrêtés par la bordure d'une falaise douce, faite de glaise. Suffisamment espacés les uns des autres pour qu'on y invente ses heures, ils sont agrémentés de terrasses dotées de tout ce qu'il faut en tables et en chaises ; et aussitôt on les aperçoit on se voit très bien assis là devant un verre de quelque chose, à converser avec ses amis, avec un chéri ou une chérie, ou même en solitaire, à rêvasser à sa vie, à ses amours, à la beauté des choses, parfois.

Quand vous entrez dans le domaine, vous tombez presque aussitôt sur la maisonnette du gardien, à droite, où Louise, après s'être provisoirement garée juste devant, récupère les clés de son mobile home. L'homme derrière le comptoir (le visage rond, une longue mèche de cheveux collée à son crâne de gauche à droite s'efforçant de masquer sa calvitie, pauvre pansement fragile qu'un coup de vent doit suffire à déplacer, l'agitant alors comme un fanion) déplie un plan des lieux et l'entoure d'une auréole jaune électrique, le 12, c'est là, avant d'entreprendre de surligner de la pointe de son marqueur le tracé des allées qu'il faudra emprunter, ça n'est pas compliqué.

Louise ressort, et comme on s'attarde devant le présentoir de prospectus on la voit, à travers la porte vitrée, tourner le plan dans tous les sens pour essayer de faire coïncider son axe nord-sud avec celui de la réalité.

Mais vite, ne restons pas là, coincés dans le bureau du gardien, enfermés avec lui jusqu'au prochain client qui, à cette période de l'année, risque de se faire attendre. On sort à notre tour, d'autant qu'on commence à bien l'aimer, notre Louise.

On remonte en voiture avec elle, on passe devant la terrasse d'une buvette fermée qui affiche son décor vide (à votre oreille bruit l'imagination d'un chahut de conversations estivales où s'agitent les hologrammes d'hommes et de femmes en shorts fleuris, fantômes de la pleine saison, dont d'un clignement d'œil vous faites disparaître les frêles images), on tourne à gauche, hum, Louise hésite, est-ce que c'est bien par là, on avise un couple devant une caravane (il y a aussi des caravanes).

L'homme, assis sur un siège de toile, lit un magazine sur sa tablette, pendant qu'en arrière-plan la femme accroche à une corde du linge qui ballotte au vent dans un froissement de coton. Les rectangles des draps et des serviettes de bain se contorsionnent contre le fond bleu de la mer et du ciel, ils se soulèvent à l'envi dans l'air marin et puis retombent, parfois dans une géométrie parfaite, et rebelote – ah, leur joli jeu de montrer-cacher qui découpe l'espace, et le vent qui souffle dans tout ça, la grande brise du monde qui bataille avec les tissus, les malmène et à la fois les glorifie (pardon, je m'exalte un peu).

Le bungalow 12 ? demande Louise en se penchant vers la fenêtre ouverte du côté passager. La femme hausse les épaules (comme si elle n'avait pas autre chose à faire) puis se fend d'une paume ouverte dans l'air qui signifie qu'elle n'en sait rien, pendant que dans son dos les draps et les serviettes tirent sur leurs pinces sans parvenir à leur échapper.

L'homme relève la tête en considérant Louise plutôt que sa question, bon, je vais me débrouiller, pense Louise. Et elle se débrouille très bien, on longe encore une caravane (devant, du linge encore, étendu cette fois sur les travers d'un tancarville), trois bungalows, et nous voici devant le 12.

Louise sort en trombe (ah, l'air de la mer), ouvre son coffre, balance son sac de voyage sur l'épaule, et la voici qui déboule avec une dégaine de cow-boy (genre Sterling Hayden entrant dans le café de Joan Crawford sur un fond de vent de sable, voyez) sur la terrasse.

C'est une terrasse simple et rectangulaire, bâchée d'un côté contre le vent marin. Une table épinard et quatre fauteuils du même tonneau attendent qu'on s'y asseye à quelques-uns pour bavasser, lire ou faire des mots croisés (les sudokus aussi sont autorisés) en s'installant dans cette temporalité très spéciale des vacances, faite de satisfaction et d'un genre particulier d'ennui, épais et doux. De temps à autre, à travers la bâche, on pourra jeter un coup d'œil vers le triptyque herbe, mer, ciel, dont les frontières s'estompent derrière la transparence opaline du plastique.

Très bien, mais pour le moment notre Louise est seule, qui s'est donné une petite semaine pour faire le point. Pour mettre un peu d'ordre dans ses amours, tenter de savoir où elle en est avec Brice (ou est-ce avec Nicolas, ou avec Malek, on s'y perd). Et si les nuits sont trop tristes (ou les après-midi), elle a déjà repéré, à deux bungalows d'ici, deux types tout à fait envisageables, qui lui ont fait un coucou de la main quand elle est passée, et entre lesquels elle hésite, pour le moment juste pour le plaisir de se faire du roman, mais qui sait.

Pour l'heure, l'urgence, c'est d'aller voir la mer.

*

Notre Sterling au féminin pose vite fait son sac dans la pièce baignée d'une lumière orangée, tramée par la couleur tango des rideaux vintage qu'elle ouvre pour faire apparaître la vue (waouh). On laisse courir son regard sur la décoration minimale, qui se résume aux lettres en bois peint qui épellent *bonheur* sur le mur du fond de la chambre et au poster de phare régnant sur des étendues rocheuses, solitaire et digne, autour duquel volettent par principe quelques mouettes. Je crois qu'on en a fait le tour, un verre d'eau, un petit psou-psou et on y go.

Louise emprunte le sentier bordé de bleuets, de coquelicots et de bourrache, comme de tamaris d'été dont les feuillages vaporeux et les grappes de fleurs bien roses, plumeuses et aériennes, frémissent à son passage.

Qu'est-ce qu'on ressent, dans la promenade, qui rend plus vivant encore ? On fait travailler ses cuisses, ses mollets, ses chevilles, à se retenir dans la pente, c'est très abrupt, mais pittoresque aussi. Le raidillon serpente entre les graminées, et tout du long, quand on ne baisse pas la tête pour vérifier les dénivellations, nids-de-poule et autres pièges que la nature sans cesse nous tend, on voit la mer, splendide, lourde, voluptueuse, en contrebas, qui se roule sous un ciel sans fin.

Et puis c'est la plage.

⋆

On est encore hors saison, il n'y a pas grand monde, dites-moi, juste trois silhouettes dans le fond qui flânent avec un chien, lequel n'arrête pas de faire des allers et retours entre ce trio et des broutilles qui l'intriguent sur la plage (un trou, un bout de bois, ou quoi encore), flairant, furetant, et puis revenant, bon chien, et repartant encore, gambadant, dépensant son énergie au grand air, passant sans cesse de ses préoccupations personnelles (sa patte farfouille le sol, sa truffe s'enquiert) aux bipèdes qui le rappellent à eux, ou qu'il rejoint de lui-même, inquiet qu'on l'ignore, qu'on l'oublie, qu'on ne fasse plus cas de lui, et marchant alors à leur rythme, à côté d'eux, sérieux et droit, comme s'il était l'un des leurs.

Groupe lointain avec chien, donc, et une flopée d'oiseaux, toutes sortes d'individus limicoles que Louise comme moi serions bien en peine d'identifier – je glisserais volontiers le nom de bécasseau variable ou, allons-y, d'avocette élégante, mais juste pour le plaisir.

Ou des huîtriers-pies, peut-être, essayons, qui paradent avec leurs gambettes rouges et leur bec itou, des gravelots, mettons, des courlis, tandis que quelques grèbes huppés (j'y vais au bluff) vaquent à leurs affaires.

Pour le reste, la plage est déserte. On longe des éboulis marneux (certains où pousse la prêle géante). Notre œil traîne sur la paroi fragile de la falaise, rayée de gris, d'ocre et de beige, et dont les couches sédimentaires appellent une petite pensée pour le Jurassique supérieur, où c'était là une eau tropicale dans laquelle frayaient requins et crocodiles de mer, voilà qui rend songeur.

Les glissements de terrain, fréquents après les fortes pluies, laissent vite au cœur un sentiment de dévastation. Quelques rochers récemment éboulés, agglutinés les uns sur les autres, ont l'air de se gêner, à la façon de ces homards aux pinces ligotées qui superposent malaisément leurs carapaces brunâtres au fond des aquariums des restaurants, étonnés, furieux de cette promiscuité, et mis dans l'incapacité de s'en disputer le territoire.

Assis sur l'un d'eux, les pieds dans le sable, un type est penché sur quelque chose qu'on ne voit pas d'ici.

*

Une charme émane de cette silhouette qui attire Louise, la manière dont cet homme se tient, peut-être, le rapport harmonieux de son corps au paysage.

Elle s'approche.

L'homme, de trois quart dos, est en train d'écrire. Sa main, refermée sur un stylo, griffonne dans un carnet allez savoir quoi, avec une certaine énergie.

Au loin, deux cheminées d'usine se dressent, parallèles, comme un idéogramme.

C'est quoi, ce qu'on voit là-bas ? demande Louise, histoire d'amorcer la conversation.

L'homme se retourne et lève la tête – hey, mais c'est notre Simon !

Simon, vous l'aviez peut-être deviné, qui a passé tout ce temps à écrire, au *Relais des Amis* d'abord, et puis sur cette plage, et qui l'a bien rempli, son carnet, on dirait, ce même carnet qu'on avait aperçu dans la poche plaquée de sa veste, ce matin, vous vous souvenez ? Ça m'a l'air de s'être bien décoincé, quel enthousiasme, quelle fluidité, ça fait plaisir à voir.

Il regarde Louise, et puis la vue, les deux cheminées là-bas, fameuses, imperturbables, qui signent le paysage.

C'est Le Havre.

Ah oui, dit Louise, c'est bien ce que je pensais.

Il n'en faut pas plus, parfois.

Pour commencer à se parler. Ou juste pour rester là, à observer la façon dont la lumière tombe sur Le Havre, avec l'adverbe « ensemble » qui frémit entre eux, suspendu comme ça au-dessus de la scène.

Et pour avoir le sentiment d'un coup que c'est normal, d'être là, tous les deux, à contempler l'horizon.

Louise se tient debout à côté de Simon, avec ses cheveux mi-longs qui s'élancent, se rétractent et s'entortillent autour de son visage comme ceux d'une gorgone gentille.

Près d'eux, deux tournepierres à collier considèrent la vue, un couple, sans doute, madame et monsieur, en vacances sur le littoral normand.

*

Bientôt, Simon se lève, et voilà nos tourtereaux, si on peut déjà les appeler comme ça, qui cheminent de concert sur la plage, comme si c'était la chose la plus naturelle du monde, de se promener là, tous les deux. Un peu plus loin, au bord de l'eau, un type pêche (je ne sais pas bien ce qu'on trouve comme poissons par ici, des éperlans, peut-être). Il a planté sa canne dans le sable et il vaque tout autour (au sol, on voit les encoches de sa pelle là où il a cherché les vers qui lui servent d'appâts), le même gabarit que Gégé, la même allure, au point que je me demande si ce n'est pas lui.

On tient ses chaussures à la main, on regarde bien où on pose ses pieds nus, il y a parfois des vives, prévient Simon. Des bouts de coquillages tranchants, aussi, qui n'ont pas encore été transformés en sable, pas encore effrités par les pas des promeneurs. Et puisqu'il paraît que c'est ce qu'on fait, quand on marche sur une plage, participer à la grande transformation des coques en sable, à la fabrication du paysage.

Simon et Louise escaladent la ligne de rochers qui les sépare de la plage suivante. Parfois l'un ou l'autre lance un commentaire (Attention aux algues, Ici ça glisse, des choses comme ça), moins pour son contenu que parce que cette conversation, même sporadique, assure le lien entre eux, qu'elle est comme une corde de rappel, voyez.

On débouche sur la plage principale qui s'étend, immense, après l'école de voile. Des enrochements redoublent la digue, qu'on contourne un peu à distance, avant le long liseré des villas du bord de mer.

Des petites rues à l'orthogonale poussent vers la ville, et à l'arrière-plan, la camionnette, on pourrait bien croire que c'est Frédo qui rentre, une passagère à côté de lui. Tatiana ? On ne voit pas bien d'ici. Peut-être qu'il la ramène chez elle, histoire de rendre service. Qu'il a terminé son chantier, qu'il est retourné au café, cette fois pour s'en jeter un petit, et qu'il la reconduit dans le mouvement. Ou bien, mince alors, est-ce qu'il y aurait quelque chose entre eux?

Aux façades des villas, beaucoup de volets sont fermés. Elles tendent vers la mer leurs figures splendides et fatiguées, usées par les embruns. L'une d'elles est raturée d'échafaudages.

Devant les cabines de bain, un jeune homme – bien possible que ce soit Mathieu qui a fini sa journée –, fume une cigarette, accoudé à une barrière : on se sent presque en terrain connu.

Louise et Simon avancent le long de l'estran. Ici ou là il n'est pas rare qu'on tombe sur une grosse méduse bleue, bien ronde, posée là comme une soucoupe volante. Pour le reste le sable mouillé est souple, les pieds y laissent des empreintes fugaces, presque liquides. On s'y enfonce à peine, comme dans une moquette très épaisse, un matériau moelleux, réceptif, qui aussitôt s'adapte à la morphologie de leurs voûtes plantaires, une mousse viscoélastique à mémoire de forme et qui accueille délicieusement leurs pas.

Les frisottis des vagues chatouillent le sable en doux assauts répétés de guili-guili. Il y a quelque chose là en même temps de tendre et de vivifiant qui vient du paysage et qui les gagne, un même sentiment à la fois calme et heureux qui les envahit.

Ça ne s'explique pas, il y a des ententes immédiates et tacites, des choses qu'on sait au premier regard – et même si parfois ça ne va pas plus loin, même si parfois ça flotte seulement, si le temps passe tandis que dans un recoin de soi le souvenir de cette évidence inachevée s'émeut (avec quelques autres, puisque cette sorte d'intuition, oui, arrive plusieurs fois dans une vie). Ces ébauches de possibles se contentent alors de scintiller comme des espèces de papillons sur la prairie de vos pensées (je le dirais comme ça), et leurs battements d'ailes malgré tout vous accompagnent.

Mais là, on a bon espoir, ils ont vraiment beaucoup de cartes en main, Simon et Louise, toute latitude pour transformer l'essai, et est-ce que cette plage, vaste, minérale et splendide, ne leur offre pas un décor de rêve ? Et ce petit vent aussi qui leur soulève les cheveux, exactement le genre de petit vent qui vous met au cœur une exaltation légère. En eux, la surprise bataille avec un genre de certitude tranquille, la joie croise délicatement le fer avec l'apaisement.

J'ai loué une maison à peine plus haut dans les terres, dit Simon, à pied ce n'est pas très loin. Louise ne répond rien, mais on sent qu'elle est d'accord. On sent qu'après tous ces voyages qu'on vient de faire, au Portugal sur les rives du Douro, dans la nuit des villes japonaises, en Amérique, où le matin se levait, comme dans les rues de Paris ou sur l'autoroute de

Normandie, on marche vers un happy end, bonus auquel on ne dit pas non en ces temps tourmentés dans lesquels un peu de douceur, allons, ne nous fera pas de mal.

Ce qui leur arrivera ensuite, dans les semaines à venir, les mois, les années, ce que sera leur histoire, personne ne peut le savoir encore, mais là, tout de suite, ce qui va se passer, ils vont traverser la plage en diagonale, bifurquer vers les terres, prendre une allée qui va vers la place où se tient, vous savez bien, *Le Relais des Amis*, monter la rue aux maisonnettes de guingois, s'effacer dans le sous-bois qui mène à la maison.

Louise ne dit toujours rien, ils avancent seulement du même pas, comme s'ils avaient cent fois fait cette promenade ensemble, comme s'ils rentraient chez eux.

Mais avant qu'ils ne disparaissent tout à fait de notre champ de vision, Simon et Louise, avant que leurs silhouettes progressivement diminuées par les lois de la perspective ne se laissent engouffrer par les terres, une petite minute encore, si vous voulez bien, parce qu'excusez-moi mais c'est toujours triste de terminer une histoire, forcément un peu difficile de les lâcher, Simon et les autres, et de vous quitter, de vous dire au revoir après tout ce qu'on vient de vivre, vous et moi, à nous imaginer tout ça en y mêlant ce qu'il y a en nous de plus intime. Alors, juste pour qu'on reste encore ensemble quelques fragiles instants de plus, Simon s'arrête devant la mer, ample, pleine, il se baisse pour ramasser un caillou tout plat qui semblait l'attendre dans le sable humide, et il le lance, voilà, à la surface de l'eau, où, regardez, le galet ricoche, léger, guilleret et harmonieux.

Achevé d'imprimer en novembre 2022 par
CPI Firmin-Didot
N° d'éditeur : 2833 - N° d'édition : 557048
N° d'imprimeur : 172970
Dépôt légal : janvier 2023
Imprimé en France